이제는 조금 알 것도 같고

이제는 조금 알 것도 같고

900일간의 여정이 내게 일러준 것들

정은애 글·사진

BOOKERS

Journey 5 삶 • 잘 살아갈 수 있을까?

Journey 6 의미 • 인생에 의미가 있을까?

Journey 7 미래 • 앞으로 어떤 삶을 살아갈까?

Prologue

부족함이 없는 사람은 의문을 가지지 않는다. 오직 절망을 겪어본 자만이 삶과 세상에 의문을 갖고 그 답을 찾기 위한 여정을 시작한다.

여행을 떠나는 데에는 각자의 이유가 있겠지만, 제게는 물음표였던 것 같습니다. 처한 현실은 의문을 갖게 했고, 다른 세계로 향하게 하는 것이었죠. 그렇게 대학생 때부터 다녔던 크고 작은 배낭여행 경험이 서른 살에 세계여행이라는 갭이어(gap year)를 갖는 것으로 이어졌습니다. 총 39개국의 여정 속에서 많은 것들을 스스로 묻고 답해보는 시간을 갖고 돌아왔어요.

가끔은 길어지는 여행길에서 이 여행의 의미가 무엇인지 고민될 때가 있었습니다. 그러나 이것이 삶의 의미에 대한 고민과 크게 다르지 않다는 것을 알게 된 후, 삶을 보는 관점이 달라졌습니다.

세상엔 이렇게 아름다운 것들이 많다는 것을 오감으로 느끼고 태어난 것에 감사하게 되는 일, 나를 빚어 생을 선사한 이에게 감사하게 되는 일, 여행이란 다름아닌 이런 것이라 생각했는데, 삶 또한 마찬가지였지요.

여행이 새로운 경험 그 자체로 의미 있듯, 삶의 의미도 태어난 것 자체에 있다는 것을 실감합니다. 우리는 이 세계에 태어나 처음으로 생을 경험해보고 있지요. 일상에서 잠시 여행을 떠나듯, 무의 상태였던 우리에게 잠시 삶이라는 이벤트가 주어진 것이라고 생각하면 삶은 그 자체로 존재 의미를 갖습니다. 이제는 이 삶이라는 휴가를 무엇으로 채울 것인지에 초점이 옮겨가게 되고, 고민의 결과가 현실적인 변화로 나타날 차례이지요.

이 책에는 '자존감', '관계', '인생의 의미' 등 살아가면서 누구나 고민해보는 7가지 질문을 여행 안에서 풀어본 이야기를 담았습니다. 세계여행이 한 개인에게 어떤 영향을 주는지를 기록한 수기이기도 합니다.

의문을 풀어가는 이 여정을 함께 해주시는 독자 분들께 감사하다는 말씀을 드립니다.

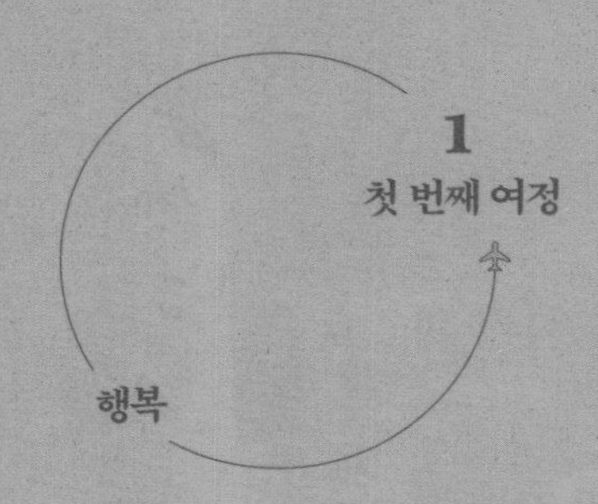

1
첫 번째 여정

행복

3
Story

화양연화를 거부한다

고백하건대 두려웠던 적이 있다. 내 인생에 그보다 더 아름다운 순간은 앞으로 없을 것만 같아서, 그보다 더 찬란한 날들을 살기는 어려울 것 같아서. 어디를 가도, 누구를 만나도 내 감정과 감흥 모두 그보다 더할 수 있을까를 생각하면 앞으로의 남은 날들이 덧없는 것이었다.

그러니까 나는, 은연중에 내 삶의 절정의 순간을 지레 정해두고 앞으로의 가능성을 제한하고 있었던 것이다.

그러나 삶은 그렇게 흘러가지 않는다. 많은 영화와 책이 반짝이는 청춘의 여름을 마치 인생에 딱 한 번 있는 일인 것처럼 그 시절만을 추억하며 노래하지만, 삶은 그렇게 모두에게 천편일률적인 패턴으로 다가오지 않는다. 특히 지금처럼 나이에 따른 전통적인 과업이나 그 수순이 비교적 유연해져 각자의 삶이 한층 다채로워진 시대에서는.

그러니까, 제일 아름다웠던 시기에 대해 이야기하는 책과 영화를 보면서 아, 내게도 저렇게 반짝이는 시간이 있었지, 앞으로 더는 그런 시간을 살 수는 없겠지, 라고 속단할 필요는 없다. 세계여행 이후에도 여러모로 인생의 정점을 다시 한 번 갱신하고선 내가 얼마나 감히 내 인생을 얕잡아 봤는지를 깨달았다.

> *아름다운 풍경이 나를 아름답게 했고, 빛나는 풍경이 나를 빛냈다. 여행의 모든 날들이 내 안에 스며들어 지금의 나를 만들었음을 알기에 나는 더 이상 지난 시간을 그리워하지 않는다.*

불안을 떨치고 행복을 보기로 결심했을 때, 나는 내가 꿈꾸던 날들을 내 인생에 만들어 갖기로 결정했고, 마침내 겪은 그 날들은 곧 내가 되었다.

내 자신에 한계를, 제약을 두지 않는 삶을 계속해서 살아가려 한다. 나의 비현실과 현실의 경계가 계속해서 흐릿하길. 그보다 더 아름다운 순간이 내 인생에 또 있을까 하는 비관적인 생각은 이제 않고, 과거는 과거에 둔 채로 또 다른 아름다운 현실을 만들어나가는 것.

매 순간을 화양연화같이 사는 것이 아니라면, 나는 화양연화라는 단어로 내 지난 날의 한순간을 지칭하기를 더 이상 거부한다.

Epilogue

사하라 사막에서, 히말라야 산골짜기에서, 때로는 그저 달리는 슬리핑 버스 안에서 밤하늘을 올려다 보며 생각했어요. 우리는 어쩌면 창조주에 의해 무심히 흩뿌려진 별과도 같은 것일까요. 서로간 마음의 거리가 별과 별 사이의 거리보다도 멀게 느껴지는 것은 왜일까요. 몇 억 광년을 달려도 가 닿지 못할 아득한 거리에도 불구하고 별들은 그 존재를 알리려는 듯 절박한 빛을 내어요. 확신할 수밖에 없었어요. 그 아득한 거리를 넘어 이 우주의 단 한 존재에게라도, 나로 인해 누군가 자신의 삶에 이유가 있다고 생각할 수 있다면 내 삶도 그에 의미를 갖게 될 것이라고.

도무지 의미라고는 없어 보이는 이 불투명한 생의 한가운데에서, 누군가에게 '삶에 의미가 있다'고 생각할 수 있는 이유가 되어준다면 그것으로 그 삶은 의미 있는 것이 아닐까요? 기실, 없는 것일지도 모르는 의미가 어쩌면 우리 삶에 진짜 있을지도 모르겠다는 생각이, 당신으로 인해 누군가에게 들었다면 그때 삶의 의미가 맺히는 것이 아닐까요.

'삶의 의미'가 흐릿하고 모호한 것으로 느껴지는 이유는 바로 이 때문일지 몰라요. 혼자서는 있을 수 없고, 서로의 관계 하에서만 존재할 수 있는 것이니까요.

오늘날 제 삶의 의미를 확신할 수 있게 해 준 아름다운 이들에게 감사하다는 말로 맺음하려 해요. 저 또한 누군가에게 살아갈 이유를 보태고 의미를 더함으로써 제 삶의 의미를 찾아가려 합니다. 여정은 계속 될테지요. 이 글을 읽음으로 곁에서 함께 걸어주신 분들께 깊은 감사를 드립니다.

이제는 조금 알 것도 같고

——————— 900일간의 여정이 내게 일러준 것들

초판 1쇄 2021년 11월 10일

글 · 사진 정은애

편집장 김주현　**편집** 김주현, 성스레
미술 안태현　**디자인** 올컨텐츠그룹
제작 김호겸　**마케팅** 사공성, 강승덕, 한은영

발행처 북커스
발행인 정의선
이사 전수현
출판등록 2018년 5월 16일 제406-2018-000054호
주소 서울시 종로구 평창30길 10
전화 02-394-5981~2(편집) 031-955-6980(영업)

값 17,000원
ISBN 979-11-90118-31-6 (03810)

※ 북커스(BOOKERS)는 (주)음악세계의 임프린트입니다.

내가 찾고 싶은 행복은?

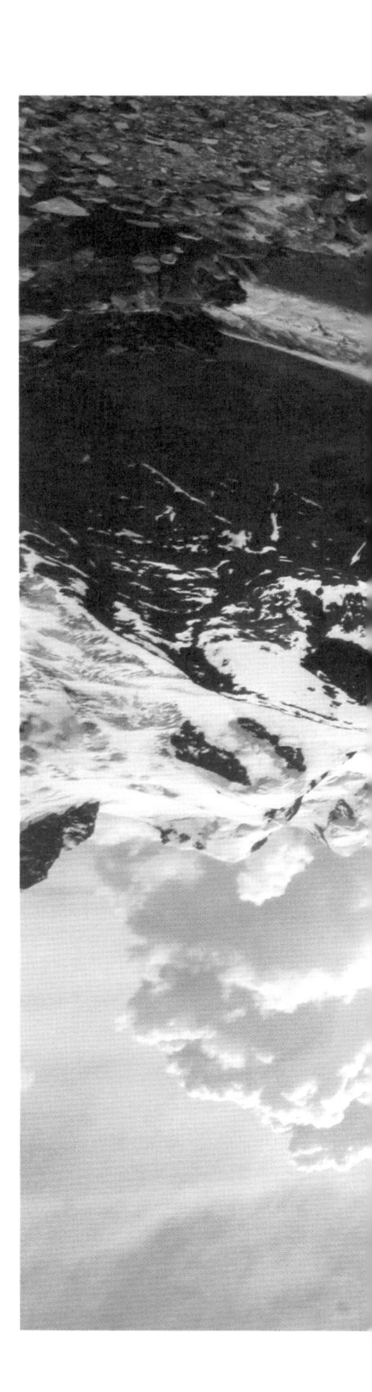

인도에서는 행복이 제일 쉬워

11년 전, 두 달간 인도로 떠났던 것이 나의 첫 배낭여행이었다. 그 시기 내 세계의 모든 것들은 자기주장이 참 강했고, 그에 휘둘린 내 감정도 사방으로 거세게 몰아쳐 툭하면 슬펐다가도 기쁘고, 분개하다가도 이내 체념하여 우울하기를 반복했다. 태풍의 범위를 벗어나는 것이 필요했고, 그때만 해도 인도는 물리적으로나 정서적으로나 알맞게 거리가 멀어 잠시 피신하기 좋은 곳이었다. 철새는 추위가 혹독해지면 남쪽으로 이동하는 법이니까.

피난 같은 여행을 계획한 지 얼마 되지 않았을 때 계획에도 없던 연애를 시작했다. 갑자기 따뜻해진 이상기후에 더는 남쪽으로 이동하지 않아도 살만하다 생각되었을 때, 떠날 필요가 없었지만 길에 올랐다. 파도가 가라앉았으니 더 많은 것을 수면 위에 띄울 수 있을 것 같았다. 오늘날까지 드문히 계속될 여정의 시작이었다.

호기롭게 떠나왔지만, 살면서 일주일 이상 집을 벗어나 본 적 없던 유약한 초짜일 뿐이었다. 하필 그 당시 여행자가 전무하다시피 했던 남인도부터 일정을 시작했던 나는 현지인들의 폭발적인 관심과 인도 특유의 그 생경한 난리통을 견디지 못해 결국 3일째 되는 날엔 기차역 한구석에서 굵은 눈물만 뚝뚝 떨구고 있는 것이었다. 연착된 기차를 하염없이 기다리며, 다음 도시로 갈 수 있을지, 어디에서 밤을 지새야 할지 막막하던 그때, 나는 계속해서 되물었던 듯하다.

나는 대체 무엇을 위해 이곳에 왔을까

11년 전의 인도. 지금도 많은 여행자들이 '인도'하면 혀를 내두르지만, 당시의 인도는 그야말로 한바탕 요지경이었다. 그도 그럴 것이, 스마트폰 없이 지도로 길을 찾고 메일과 싸이월드를 확인하려 인터넷 카페를 기웃거리던 시절이었다. 기차 안에 앉아있으면 그 칸의 모든 사람들이 나를 보러 들락거렸고, 내 앞에 앉은 한 사내가 돈벌이를 위해 끌고 다니는 것은 원숭이와 사람의 혼혈로 추정되는 기이한 생명체였다. 고아(Goa)에선 약에 취한 이스라엘 여행자들이 툭하면 오토바이 사고를 내고 상처투성이 얼굴로 지나가는 모두에게 해사한 인사를 건넸다. 제법 알려져 유명세를 타기 시작한 바라나시는 몇몇 레스토랑 주인과 여행자간의 염문설로 항상 시끄러웠고, 이로 인해 동네 라시집 청년들마저도 지나가는 여행자들을 향해 윙크를 날려댔다. 그 골목 한켠에서 붉은 빛깔의 향신료를 씹으며 나를 보고 씨익 웃는 현지인들의 빨갛게 물든 이빨은, 피가 뚝뚝 떨어지는 팔을 내보이며 구걸하는 아이들의 이미지와 오버랩되어 나를 괴롭히는 것이었다. 상품을 내보이듯 무감하게 내미는 그들의 팔은 모두 같은 부위에 같은 모양의 상처를 지니고 있었다.

세상의 모든 혼란을 모아놓은 듯한 곳.

왜 굳이 나는 이곳이어야 했을까? 장거리 이동 중 상념에 잠길 때면 어김없이 이러한 의문이 떠오르곤 했다.

혼자 떠났던 첫 장기 배낭여행. 당시 가고 싶은 곳은 많았지만 인도를 택했던 것은 단순히 돈 때문이었다. 내가 가진 얼마간의 돈으로 제일 오래 체류할 수 있는 동시에 완전히 생소하고 이국적인 경험을 할 수 있는 곳이어야 했다. 호기심이 많아 언제나 더 넓은 세상을 원했던 내게 인도와 네팔은 적격이었다. 밀림 사이의 수로를 따라 하루 종일 배를 타고, 사막을 거닐고, 타지마할을 구경하고, 히말라야 산맥의 설산에 올라 벅찬 감격을 느꼈다. 그날의 먹을 것과 잘 곳만 적당히 구하고는 나머지 시간과 에너지를 몽땅 즐거운 하루를 만들기 위해 쏟아 붓는 생활은 그간 느껴본 적 없던 자유, 결이 다른 삶의 감각이었다.

그렇게 자유와 방종 그 사이 어디쯤 되는 청춘의 여름날을 원했던 이 여행, 나로 하여금 예상치 못하게 내 삶을 납득하고 수용하게 하면서, 인도여행은 그렇게 여행 이상의 몫을 했던 것이다.

믿을 수 없는 일들이 아무렇지 않게 일어나는 인도. 인도의 관광 캠페인인 "Incredible India!" 문구를 처음 보았을 때, 이 나라의 기이함을 제대로 표현해 낸 슬로건이라고 생각했다. 오늘의 운세가 좋지 않으면 아이들을 학교에 보내지 않는 부모들, 보이는 곳만 깨끗하면 된다는 생각에 창 밖으로 던져지는 쓰레기들, 신성하다는 강변에서 미처 다 타지 못하고 떠내려가는 시체들과 같이, 비정상적인 일이 비일비재한 이곳에서, 글쎄, 나는 묘한 편안함을 느꼈다. 비정상적인 삶의 비정상성이 흐려지는 이곳에서는 내가 가진 별남도 그리 별난 것이 아니었다. 유별나지 않아도 되었다. 언제나 내게 검게 드리워져 있던, 짙은 검은색인줄로만 알았던 그늘은 더 넓은 세상의 더 넓은 컬러 스펙트럼상에서 보니 약간 거뭇한 회색일 뿐이었다.

그리고 행복한 사람들. 도통 이해가 가지 않는, 상식적으로 받아들일 수 없는 일들 사이에서도 아무렇지 않게 행복해하는 이곳의 사람들. 정상과 비정상의 구분이 의미 없는 이 난리북새통에서도 개의치 않고 자신의 만족과 행복을 추구해나가는 사람들 틈바구니에 섞여 나도 그저 오늘의 만족을 추구하면 되는 것이었다. 우리 모두는 과거에 불행했을지 몰라도 오늘도 불행할 필요는 없었고, 그렇다 보니 행복과 불행의 경계 없는 이곳에서 행복은 순전히 선택의 문제였다.

별것도 별 것 아닌 것으로 넘겨버릴 수 있는 담대함, 행복해질 수 있다는 가능성을 느끼고 돌아온 여행. 스스로의 삶을 불쌍히 여기는 시선으로부터 나를 해방시킨 내 최초의 여행.

왜 나는 굳이 인도여야 했을까? 지금에 와서 돌이켜보면, 그때의 나는 인도의 행복을 목격할 필요가 있었다고 생각된다. 태풍이 휘몰아치는 카오스의 땅, '그럼에도 불구하고' 존재하는 다양한 형태의 행복을 목격하는 일은 막연히 추상적인 개념인 행복을 다양한 모습으로 직접 마주하는 것이었다. 이토록 어려워 보이는 곳에서도 만연한 행복에 안도하고는, 내가 이곳에 와야만 했던 이유를 얼핏 짐작할 수 있었다. 혼란의 땅에는 명료함이 있었다. 불행을 겪어본 사람만이 행복을 가늠하듯이.

그때의 경험을 계기로 꿈꾸게 된, 이름도 거창한 세계여행을 시작했고, 이렇게 여행의 일상을 살아간다.

때가 되어 다시 인도를 찾았고, 예전에 비하면 많이 좋아졌다지만, 사람이 빼곡히 들어찬 버스 지붕에 올라탄 채로 겨우 누브라 밸리를 빠져 나오고 나니 여전히 인도는 인도구나 싶었다. 아우성치는 사람들 사이를 헤집고 다니고, 사기를 당하고, 소매치기를 당한다. 그와 동시에 현지인들의 도움을 받고, 맛있는 음식을 먹고, 초월적인 풍경을 누린다. 부족한 환경에서도 넘치는 만족을 선사하는 인도의 매력은 여전했다.

11년 전, 첫 배낭여행에서 나는 행복이 쉽다는 것을 배웠다. 앞으로도 계속될 여정에서 나는 또 무엇을 찾을 수 있을까. 이를 위해 오늘도 스스로 되물어본다.

나는 무엇을 위해 이 오랜 길을 떠나온 것일까.

2 Story

Valdorcia, Italy 발도르시아, 이탈리아

커피와 와인

이탈리아 중부 토스카나에 위치한 중세 도시, 시에나의 캄포 광장(Piazza del Campo)이 이탈리아의 다른 광장들보다 유독 매력적인 이유는 광장 전체가 가리비 껍질을 거꾸로 뒤집어 놓은 것같이 생긴 지형이기 때문일 것이다. 오목하게 패여 있어서 살짝 내려다 보이는 시원한 맛이 있다. 부채꼴처럼 펼쳐진 그 광장에서 사람들은 편하게 앉거나 누워 휴식을 취한다. 나 또한 맥주 한 병을 사 들고 앉았다가 이내 벌러덩 드러눕는다.

현재 내가 지닌 것 중 값어치가 있는 것이라고는 시간뿐인지라 애정하는 도시를 만나면 기꺼이 며칠씩 더 머물며 시간을 내어 쓰곤 했다. 더해진 시간은 이렇게 광장에 앉아 맥주 한 잔을 즐기는 작은 것들에 들였다. 내 여행을 채우는 것은 이런 소소한 것들이었다.

그리고 그런 소소한 것들의 지평을 넓히는 여행을 한다. 토스카나 지역을 여행한 15일간 집중한 것은 커피와 와인이었다. 어느 숙소건 항상 모카포트가 준비되어 있는 것을 보면서 이탈리아에서 커피가 갖는 존재감을, 사람들이 아무렇지 않게 건네는 와인에서 이들에게 와인이 갖는 의미를 어렴풋이 알 수 있었다. 매일 아침 에스프레소를 추출해 마시고, 낮에는 이름난 카페를 찾아 다니며 결이 고운 카푸치노를 마셨다. 하루 종일 걸어 다니다 잠시 지칠 때면 근처 바(bar, 이탈리아에서 바는 주류보다는 간단히 커피를 마시는 곳을 뜻한다)에 들러 에스프레소 마키아토를 빠르게 한입에 홀짝 털어 넣고 나오곤 했다. 그러다가

해질녘이면 마을 곳곳의 에노테카를 방문해 수많은 와인을 맛보고 그중 하나를 골라 가방에 꽂아 넣고 나올 차례였다.

몰랐던, 그러나 배워 알고 싶었던 소소한 즐거움을 익히는 날들.

세계적인 와인 산지인 토스카나의 발도르시아 평원. 시에나에서 발도르시아 평원으로 내려오면 넓은 평원 곳곳에 중세의 모습을 그대로 간직하고 있는 작은 마을들을 만날 수 있다. 산 퀴리코 도스리아, 피엔차, 몬탈치노, 몬테풀치아노, 몬티키엘로 등의 중세 마을들이 넓은 평원에 하나둘씩 흩뿌려져 있고, 나는 시간을 들여 마을 한 곳 한 곳을 차근히 둘러보는 게으른 여행을 한다.

중세 당시 계획도시였던, 그리하여 그 당시의 완벽함을 품고 있는 피엔차에서 며칠을 지내다가 발도르시아 평원에 더 안겨 지내고 싶은 마음에 평원 한가운데 위치한 농가민박에 자리를 잡았다. 이 외딴 섬 같은 곳에서 하루는 빨래방을 가기 위해 자전거 뒤에 빨래더미를 잔뜩 싣고 제일 가까운 마을 산 퀴리코 도르시아로 향한다. 남부의 바다만큼이나 넓게 펼쳐진 평원을 배경 삼아 바람을 맞으며 페달을 밟는다. 최고의 라이딩을 즐기고 도착한 산 퀴리코 도르시아는 이 평원의 여느 다른 마을처럼 들어서기 조심스러울 정도로 예스러웠다.

빨래방 세탁기에 빨래를 돌려놓고는, 젤라또를 먹으며 마을을 찬찬히 둘러본다. 조용하고 고즈넉한 오후의 분위기. 이 평원의 어느 마을을 가더라도 결코 시끄러웠던 적이 없었다. 마을에 서린 옛 기운은 방문객들로 하여금 몰래 온 손님처럼 마을을 살짝 엿보고 가게 했다. 겉모습만이 아니라 살아가는 모습과 분위기까지 옛것 그대로 잘 보존된 곳의 위엄이었다. 햇빛을 쬐고, 성당의 종소리를 듣고, 에노테카를 기웃거리다가 마음에 드는 풍경을 조심스레 카메라에 담는다. 성당 근처에 앉아 쉬다가 빨래가 마무리될 즈음 마무리하는 마을 소풍.

다 된 빨래를 찾아 자전거 뒤에 싣고 너른 평원을 내지르다 보면 지난 일들이 전생처럼 아득히 느껴졌다. 어쩌면 그것은 다른 이의 일이 아니었을까. 결코 그렇게 산 적 없었던 것처럼, 나 아닌 누군가의 과거처럼 느껴지는 날들.

이곳에서 방문했던 한 와이너리의 주인은 와인이 어디에 담겨 숙성되느냐에 따라 그에 스미는 향미가 달라진다고 했다. 오크통에 담긴 와인은 바닐라향이나 토스트향을 품고, 스테인리스스틸 소재의 탱크에서 숙성된 와인은 또 다른 매력을 갖는 식이다. 설명을 듣고 오크통이나 탱크에서 바로 따라주는 와인을 조심스레 머금어 보니, 정말로 와인마다 느껴지는 그 맛과 멋이 달랐다. 쌉싸름하고 다크 초콜릿 향이 나는 묵직한 것이 있는가 하면, 물씬 풍기는 싱그러운 베리 향에 미려한 단맛이 감도는 것도 있었다.

P. Marinello 0.1

와인이 그러하듯, 사람도 어디에 담겨 시간을 보내느냐가 중요한 것이다. 지금의 내가 과거와 다른 사람처럼 느껴지는 것도 지내는 환경이 달라졌기 때문일 터. 타고난 것을 바꾸지는 못한다면 살아가며 스스로를 어디에 담글지는 고민하여 선택할 수 있다. 무엇을 보고 겪고 배워갈 것인지는 선택과 변화의 여지가 있는 영역. 그리하여 타고 태어난, 정해진 본성만이 전부가 아니게 되는 것이다. 우리는 스스로를 어디에서 어떻게 숙성시킬지 선택할 수 있으니.

장미향이 난다는 로제 와인을 홀짝거리며, 이런 사소한 즐거움으로 인생의 행복을 채워가는 사람이 되고 싶다고 생각한다. 소소한 것들에 만족할 수 있는 힘이야말로 가장 거창한 것이니, 더 내려놓고 더 욕심내지 않겠노라 생각한다. 그리 할 수 있는 환경에 나를 푹 담가 숙성시키겠다 다짐한다.

생각을 휘발시키는 데에는 시골 풍경 속에 스며들어 기울이는 와인 한 잔이 좋다. 여름날 해질녘, 한낮의 뜨거웠던 햇살은 어디 가고 갑자기 가을마냥 선선해지는 이 시간이 되면 살라미와 치즈를 약간 썰어내 와인 한 잔을 즐길 준비를 한다. 어디선가 바람이 불어오고, 나는 그 바람에 숨을 내려놓는다. 마음을 조금 비운다.

주위를 둘러보며 실감하는 것은 생에 대한 감각. *나 살아있구나*. 일 년 넘게 지속되는 이 긴 여행 속에서 무언가에 대한 감흥을 느끼는 것은 일상 속에서 행복을 찾아가는 것과 별반 다르지 않았다. 사소한 기쁨들을 찾아내 행복을 느끼고, 거기에서 얻는 에너지로 그저 계속해 나가는 것. 베네치아에서 만난 어느 한 여행자는 내게 이렇게 말했다. "여기 별로 볼 거 없는 것 같아요. 하루 이틀이면 충분하다고 하더라고요." 일찍이 그 아름다움으로 세계적인 명성을 떨쳐온 물의 도시 베네치아도 어떤 이들에게는 당일치기로 충분한, 별 볼일 없는 도시가 될 수도 있는 것이었다.

우연히 마시게 된 맛있는 커피 한 잔, 와인 한 잔만으로도 그 도시와 사랑에 빠질 수 있는 사람으로 여행하고자 한다. 조금은 호들갑스러운 이 자세가 긴 여행을 지속해 나가기에는 최적이 아닐까.

피엔차에서 구입한 몬테풀치아노산 와인과 치즈에 풍미가 가득하다. 멋스러운 맛에 흠뻑 취한다. 이 호방한 발도르시아 평원을 배경으로 즐기는 풍미를 별것 아니라 여기기엔 나는 아직 너무 샌님. 다행히 아직은 이런 작은 것에의 감흥으로도 여행을 끌고 갈 수 있다.

오후 4시 반, 다합

이집트의 다합에 왔다. 시나이 반도 홍해에 접하고 있는 작은 마을. 착한 물가에 스킨스쿠버와 프리다이빙을 저렴하게 즐기기 좋은 곳으로 이름난, 한번 들어오면 나가기 어렵다는 여행자들의 블랙홀로 알려진 이곳에서 여행 중 방학을 맞을 생각이다. 며칠 간격으로 숙소를 옮기고, 새로운 도시에 적응을 하고, 관광지를 둘러보았던 지난 9개월간의 루틴을 잠시 멈추기로 한다.

이곳에서 구한 집의 월세는 한 달에 10만원 남짓. 그마저도 둘이 나누어 내니 5만원이면 편안히 보금자리를 마련하는 셈이다. 물가 비싼 나라에서 온 이방인에게는 생활의 무게가 덜어지는 고마운 곳. 집을 구하고 최소한의 식기와 그릇을 갖추고 냉장고를 채우고 나니, 한동안 배낭 맬 일이 없을 것을 실감했다.

며칠 째 아무것도 하지 않는 요즘을 이제 또 다른 일상으로 마주할 차례. 낯선 생활의 리듬을 몸에 익힌다.

바닷가에 산다는 것은 이제까지와는 전혀 다른 일상을 영위하게 되는 것이다.

볕이 좋은 아침, 금요일마다 열리는 작은 플리마켓을 둘러보려 해변을 따라 걷노라면, 옆에 끼고 걷는 바다가 총천연색을 뽐낸다. 곳곳의 수심에 따라 다양한 채도의 에메랄드 빛을 뽐내는 바다를 보며 걷는다. 얼굴에 내리쬐는 햇살이 조금 뜨겁다 싶으면 불어오는 바람이 이를 식히고, 그 바람에 손이 식을 때면 연인의 믿음직한 두터운 손이 감싸 잡아온다. 일렁이는 마음이, 어느 금요일 이 아침 시장으로 향하는 길을 후일 두고두고 떠올리게 될 것을 직감한다. 의연히 살다가도 조금 힘에 부칠 때면 아마 이 길을 추억할 테지. 하늘과 바다만으로 충만했던, 앞으로의 내 인생도 이 길만 같았으면 좋겠다고 생각하며 걷던 일 가든(Il Garden)의 해변.

해질녘이 되어 홍해라는 이름에 걸맞은 붉은 바다가 펼쳐지기라도 하면 마음에 훅 바람이 들며 헛헛해지는 것이다. 아침저녁으로 시야 가득한 물을 본다는 것은 이렇게 마음에 바람 들어 생긴 빈 공간에 물이 차게 해 걸핏하면 일렁이는 일이다. 그러다 보면 그 물이 눈으로 차오를 때도 있고 코로 들어와 찡하니 매울 때도 있었다.

매일의 별것 아닌 순간도 별것이 아니게 되는 것은 거기에 바다가 더해졌기 때문이었다.

붉은 바닷가에 사는 요즘은 매일이 일요일. 느지막이 일어나서 취향껏 아침을 해 먹고, 졸리면 다시 누워 낮잠을 좀 자다가 어슬렁 밖으로 나선다. 빠르게 하는 것은 전혀 없다. 마음 맞는 누군가와의 식사 약속 같은 것이 없는 한 그리 서둘 일도 없다. 꿈속에서 엘리베이터를 타기만 하면 갑자기 200층까지 솟구치거나 지하 30층까지 곤두박질쳐 나를 깨나게 하던 꿈을 이곳에선 덜 겪는 것을 보니, 확실히 조금은 편안해진 듯한 요즘.

가끔 생각한다. 내가 살던 그곳에서 나는 왜 온전히 행복할 수 없었을까, 그곳에서는 왜 모두가 에스컬레이터 위를 바삐 걸어 다니는 걸까, 누구라도 정상적으로 지낼 수 없는 곳이기에 여러 가지 비정상적인 일들이 일어나는 것은 아니었을까.

나의 주된 정서는 결핍이었다. 시간도 부를 측정하는 척도 중 하나인지라, 주말도 없이 하루 평균 14시간 이상을 일해야 했던 나의 일상은 늘 가난했다. 주변을 살피고 생활 속에서 사유할 여유가 없었다. 그도 그럴 것이 나를 포함한 주위의 모두가 과히 피로했다. 피로한 정신은 당장의 신상에 중요한 사항이 아니면 크게 관여치 않는 것으로 스스로의 에너지를 보호하고자 했다. 정신적 절전모드. 무의식적으로 날을 세워 신경 써야 할 것과 아닌 것의 경계를 긋고, 경계 안의 것에만 효율적으로 에너지를 사용한다. 많은 것에 무심해져 가는 사람들. 사려 깊기 어렵고 관대할 수 없는 노릇이니 무언가 조금만 어긋나도 쉽게 부아가 났던 것은 아니었을까.

그리고 찾아 드는 것은 만성적인 불안.

무엇을 해도 충분하지 않았다. 항상 부족하고, 모자라고, 아직도 멀었다는 느낌. 삶에 대한 이 막연함이 해소될 날이 있을까 생각하면 눈앞이 흐려 술을 마셨다. 알 수 없는 거대한 악의 존재에 목숨을 협박 당하며 해변에서 모래알을 세는 악몽에 시달리던 날들. 남은 상흔을 보면 과거는 이리도 뚜렷한데 대체 미래라는 것은 왜 이렇게나 흐릿한 것인지. 어느새 나는 희망적이지 못한 미래에 점점 냉소적인 인간이 되어, 사회생활을 시작한 지 한참 후에도 보험 하나 들지 않은 사람이 되어있었다. 있을지 없을지도 모르는 미래를 대비하고 싶을 리 없었다.

그래도 나는 그곳에서 어떻게든 만족을 구해보려고, 말초적인 재미라도 느껴보려고 부단히 애를 썼다. 얄팍한 즐거움, 단순한 재밋거리여도 괜찮으니 어떻게든 오늘 하루라도 만족해보려 사람을 만나곤 했다. 그러나 모든 것이 턱없이 부족한 삶에서 누군가를 위해 타오를 수 있을 리 만무했다. 나는 이미 다 타버린 재였으므로.

하루가 48시간이 아닌 24시간임에 좌절하곤 했던 나는, 이제 하루가 24시간이라는 것을 잊고 지낸다. 시간이 비껴가는 이 붉은 바닷가에서 하루 종일 웃고 사랑하며 지낸다.

꼭대기에서 내리꽂는 해가 바닷속을 투명이 보여준다면, 비스듬히 누워 길게 비추는 해는 수면을 반사한다. 그리하여 육지에선 아무런 특별함을 가지지 못했던 오후 4시 반이라는 시간에 바다는 제일 빛이 났다. 그 빛이 내 마음에 들어찬 물을 반사해 먼 곳에까지 닿게 했다. 그리하여 나는 그 바닷가에서 종종 멍하니 오래된 과거를 반추하거나 살아갈 미래를 숙고해보곤 했다.

Cold
Brewed
Coffee
15LE
Shanty
You
Nestlé
Pure Life

금요일 플리마켓은 언제나 조금은 들뜬 분위기. 평소 접할 수 없는 다양한 먹거리들을 만날 수 있어, 여행자들은 이곳에서 점심을 해결하거나 며칠 간의 일용할 간식거리를 쟁이곤 했다. 다합에서 제일 맛있는 일본식 스시롤, 유명한 러시아식 허니 케이크가 모두 이 마켓에 있었다. 그리고 내가 판매하는 더치 커피도 있었다.

커피를 무척이나 좋아하는 나와 연인. 이곳에서는 제대로 된 커피를 마실 수 있는 기회가 많지 않아 직접 콜드브루 커피를 추출해 마시다가, 재미 삼아 플리마켓에서 한 번 팔아보자 하여 시작한 일이었다. 카페 일 경험이 많았던 연인이 나무와 페트병으로 만들어낸 어설픈 추출기구치고는 그 맛이 썩 괜찮았다. 판매 첫 주부터 선방하여 나중에는 마켓에 내어가지 않더라도 원액을 계속 주문해주시는 단골 손님까지 있었으니, 꽤나 성공적이었던 장사.

침출 속도가 느린 더치 커피니만큼, 주문량을 채우기 위해선 거의 매일 커피를 내려야 했다. 그로 인해 집에 들어서면 항상 커피 향이 그득했다. 진한 원액이 한 방울씩 똑똑 떨어지며 공기 중에 퍼트리는 향을 느끼면서, 우리는 보통의 낮이면 음악을 틀어놓고 실팔찌를 엮는 것에 몰두했다. 여행을 하다 보면 가판대에서 판매되는 기념품 팔찌와 목걸이들을 많이 보게 되는데, 손재주 좋은 여행자들은 이를 직접 만들어 착용하거나 팔기도 했다. 아직은 수온이 너무 낮아 스쿠버다이빙 과정을 시작할 수 없어 무언가 소일거리가 필요했던 우리는 금세 이 매듭 팔찌를 만드는 일에 빠져들었다.

음악을 틀어놓고 커피를 홀짝이며 여러 무늬를 모양 좋게 만들어 가다 보면, 그 장소와 그 시간의 공기가 조용히 어깨 위에 내려앉는 것을 느꼈다. 기울어져 들어오는 햇빛이 코 끝에 내려앉는 것을 느꼈다. 그럴 때면 꼭 4시 반 즈음이었다.

하나를 만드는 데 꼬박 반나절 이상 걸리는, 서울에서라면 절대 하지 못할 시간집약적인 노동에 손을 놀리고 있다 보면 이런 저런 생각들이 실 가는 길 따라 함께 풀어졌다 매듭지어지곤 했다. 고로, 팔찌에 스며든 것은 여행지의 공기뿐 아니라 그것을 만들 당시의 내 생각과 감정까지 엮어져 들어간 것이었다.

같이 지내던 연인을 한국으로 보내고 3월의 시작과 함께 나는 다이빙을 시작할 수 있었다. 아침 일찍 시작한 다이빙을 끝내고 돌아와 바다의 소금기를 씻어내고 나면 어김없이 혼자 집에 틀어박혀 매듭을 잡았다. 그러고 있으면 시간이 어떻게 가는지도 모르게 하루가 금세 저물었고 적적함을 느낄 새도 없었다. 곧 혼자만의 새로운 여정을 시작해야 했던 내게 지난 날들에 대한 생각과 감정을 갈무리할 수 있던 시간이었다.

그렇게 만든 팔찌와 책갈피들은 주위 사람들에게 선물로 주어지기도 하고, 솜씨가 꽤나 늘었을 즈음부터는 후원을 희망해주시는 분들께 소정의 금액을 받고 한국으로 보내지기도 했다. 이 매듭에 스며 같이 묶였을 여행지의 공기와 만들었을 때의 내 감정을 간단히 적은 손편지를 함께 넣어 보내고 나면 팔찌가 아닌 여행 자체를 나눈 기분이었다.

소박하지만 낭만이 가득한 카페와 레스토랑이 죽 늘어선 바닷가를 따라 걸어가다 보면 이 작은 마을의 중심지 역할을 하는 라이트 하우스에 금세 도착하게 된다. 그곳에 위치한 한 카페에 올라 가면 언제나 한국의 여행자들이 삼삼오오 모여 앉아 각자의 시간을 보내고 있었다. 낯을 가리는 성격인지라 그 카페에 생각보다 자주 걸음 하지는 못했지만, 아이러니하게도 세계여행에서 만나 지금까지 꽤나 막역한 사이로 지내고 있는 사람들을 그 카페에서 만났다는 것을 생각해보면, 사람들이 왜 이 작은 마을 특유의 분위기에 빠져들게 되는 것인지 이해할 법도 했다. 어쨌든 나 또한 그 마을에서 좋든 싫든 다양한 사람들 사이에서 부대끼며 지낼 수밖에 없었고, 그로 인해 생긴 일들과 또 그로 인해 나누게 된 대화와 유대감은 쉽사리 잊혀질 만한 것이 아니었다.

카페의 한쪽 구석에 자리를 틀고 앉아 팔찌를 잡고 있다가 사람들 틈으로 잠시 빠져 나와 밖을 내다보았을 때 반짝이는 바다에 눈이 부셨던 그 시간도 오후 4시 반 즈음이었다.

그렇게 다합은 내게 낮에서 초저녁으로 넘어가려 해가 비스듬해지는 오후 4시 반과 같은 곳이었다. 이르지도 늦지도 않고, 바삐 움직일 일도 없고, 끼니를 챙겨야 하는 시간도 아니라, 기울어진 햇빛에 마음 놓고 기대어 감상에 빠질 수 있는 시간. 비스듬히 누운 햇빛이 늘여놓은 그림자에 되돌아보게 되는 나의 과거. 저 멀리 바다에서 반사되어 예까지 닿는 빛에 상상해보는 나의 미래. 그러했기에 여행의 시작과 끝의 중간즈음에서 잠시 멈춰가기로 한 이 작은 마을에서 나는 내게 밀려드는 것에 저항 않고 잠겨 지냈다.

바닷가에 살아본 것도, 어딘가에서 혼자 자취하듯 지내본 것도 처음이었다. 오랜만에 쓸쓸함에 허덕여본 것도, 그러다가도 훗날 계속될 소중한 인연을 만난 것도, 사랑하며 웃다가 작별하며 울음을 터트렸던 곳도 모두 이곳에서였다. 하루 중이도 저도 아닌 오후 4시 반의 시간처럼, 어쩌면 다합은 내게 한 마디로 정의 내릴 수 없는 여행지로 남은 곳이기도.

그러나 그때의 다합은 이제 없다. 예전과는 많이 달라졌다고 들었다. 10만원 돈이면 한 달 머물 수 있던 가벼운 물가도, 여행자들이 습관처럼 걸음 하던 2층의 그 카페도, 내 곁에 항상 자리하던 그때의 연인도 지금은 모두 사라진 것이 되었다. 어떤 여행지는 오랜 후 다시 찾아도 그대로의 느낌을 주는가 하면, 어떤 여행지는 그 시간이 지나고 나면 더는 지구상에 존재하지 않는 곳이 되어버린다.

그리하여 그 붉은 바닷가 마을은 내가 살아생전 다시 가볼 수 없는 곳이 되었다. 다시 찾을 마음은 크게 없었음에도, 그곳이 오직 과거에만 존재한다고 생각하면 씁쓸한 애수가 인다.

매일 봄날을 사는 소녀

I.

이렇게 아침에 눈 뜨면서부터 밤에 눈 감기 직전까지 엄마를 보는 것은 아주 어렸을 적 이후로는 처음일 것이다. 1년만에 다시 만난 엄마와 오붓하게 밥을 먹고, 커피를 마시고, 마트에 가서 함께 이것저것 장을 본다. 아이스 커피를 손에 들고 취리히 시내의 작은 골목들을 같이 쏘다녀본다. 높은 언덕 아래 시원하게 펼쳐지는 이 도시의 전경을 내려다보는 엄마의 뒷모습이 사랑스럽다.

작년 5월, 엄마는 중국과 티베트, 네팔을 함께 여행한 후 한국으로 돌아가 또 열심히 일상을 살아냈다. 딸의 소식을 놓치지 않기 위해 익숙지 않은 SNS를 매일같이 들여다보던 엄마에게 스위스에서 만나자는 러브콜을 보냈고 엄마는 흔쾌히 승낙하여 이곳에 이르렀다.

이렇게 24시간을 꼬옥 붙어 지내다 보니, 한 집에 같이 살아도 실제 우리가 함께하는 시간은 그리 많지 않았다는 것을 실감한다. 함께할 날이 앞으로도 많을 것 같지만 실질적으로는 그렇지 않다는 것을, 사랑하는 사람들과의 관계에서 우리 모두는 염두에 두어야 한다. 새삼, 아깝고 아쉬운 시간.

2.

나는 무척 건강하고 행복한 모습으로 엄마와 다시 만났다고 생각했지만 엄마 눈에는 그저 못 먹은 거지꼴에 지나지 않은 모습이어서, 자꾸만 맛있는 걸 사주겠다며 나를 꾀어낸다. 스위스에서 외식을 한다는 것은 비싼 서비스 비용을 지불하고도 그리 만족스럽지 않은 식사를 해야 한다는 의미임을 엄마는 알고 있을까. 얼마 전 가게를 정리한 후 치킨 집에서 아르바이트를 하며 생활을 이어가는 엄마의 주머니 사정을 아는 내가 함부로 외식을 강행할 수 있을 리가. 얼마간의 실랑이 끝에 간단히 맥주 한 잔에 뢰스티를 곁들이는 것으로 합의를 본다. 취리히 골목의 한 고즈넉한 펍에서 유독 맥주를 좋아하는 엄마의 취향 저격하기.

3.

날씨마저 엄마의 스위스 여행을 축복해주는 걸까. 항상 올바르게 살아온 엄마 덕에 나 또한 그 축복을 함께 누린다. 엄마에게 깨끗한 하늘의 융프라우요흐와 마터호른을 보여준 이 나라에 감사의 큰절이라도 올리고 싶은 심정.

빙하 너머로 피어 오르는 구름을 보며 함께 맥주를 마신다. 이런 호사를, 내가 제일 함께 하고픈 사람과 누리는 것이기에 이리 좋은 것일 테지.

4.

여행 중 많은 동행을 경험했지만, 그중 최고의 여행 메이트는 다름 아닌 엄마다. 꾸준한 등산으로 단련해온 체력, 까다롭지 않은 입맛, 히말라야의 허름한 도미토리도 개의치 않는 적응력, 그리고 여행에서의 돌발상황을 헤쳐나가는 문제해결 능력까지 갖춘 최고의 파트너!

사실 엄마는 내게 '엄마' 이상의 존재이기에 이것은 예견된 궁합이기도. 딱히 존경하는 사람이 없던 내가 성인이 된 후에 유일하게 존경하게 된 사람이 바로 엄마였다. 가정폭력의 피해자였음에도 당당히 세상에 맞서 두 자녀를 훌륭하게 키워낸 싱글맘. 그 혹독한 과정을 옆에서 보아왔기에, 엄마는 내게 굳세고 강한 여성으로서의 롤모델이자 걸크러시 대상이었다.

어렸을 때부터 친한 친구에게도 말하지 못하는 비밀을 그녀에게는 말할 수 있었고, 여전히 우리의 대화에서 터부시되는 주제는 없다. 그만큼 긴밀한 소통을 바탕으로 끈끈한 유대를 이어오고 있는 우리 모녀는 여행뿐 아니라 모든 것에서 최고의 메이트다.

5.

그 많은 일들, 지독한 풍파를 정면으로 맞서 살아내고서도 여전히 소녀 같은 그녀. 가시밭길은커녕 험한 일 한 번 겪어본 적 없을 것 같은 얼굴로 티 없이 환하게 웃는 모습을 보고 있자면, 겪어낸 지난 일들은 한낱 거짓이라 여기고 싶다. 그저 아무 일도 없었노라 말하고 싶다.

매일이 봄. 겨울이 길었잖아. 그래선지 그녀는 이제 매일같이 봄날을 사는 걸까. 매일 피어나는 봄을 사는 여자는 이렇게 소녀인 걸까.

6.

실컷 산을 타다 출출해지면 전망 좋은 곳에 자리 펴고 앉아 아침에 함께 준비해온 도시락을 편다. 스팸 구워 올린 흰 쌀밥에 엄마가 공수해온 오징어 젓갈, 깻잎 장아찌 반찬을 곁들이면 이것이 산해진미. 밥 한술 뜰 때마다 반찬 삼듯 알프스 풍경을 한 번씩 눈에 담는다. 지나가던 이들이 엄지손가락을 치켜들어 보이며 부러움을 보낸다. 나도 내가 부러운 순간.

7.

모든 꽃을 사랑하는 엄마이지만, 사람의 손길로 피어난 관상화보다 스스로 피어난 야생화를 특히나 사랑한다. 나는 그런 엄마를 보고, 당신과 똑 닮은 것을 어여삐 여긴다 생각한다. 소박한 모습으로 강한 에너지를 품고 있는 그녀야말로 한 떨기 들꽃과 같기에, 아무데서건 엎드려 뷰파인더에 그것들을 정성스레 담아내고 있는 모습을 보면 예뻐 보이지 않을 수 없다. 아름다운 이가 아름다운 것을 보고 있는 모습, 그 또한 아름답지 않을 리가.

이렇게 들꽃이 지천으로 핀 곳을 지날 때면, 세상이 엄마 고생했다고 잠깐이 지상에 천국을 펼쳐 내보여주는 듯하다. 이런 특별한 여행이 아니더라도 모든 것이, 매일이, 아무것도 아닌 일상마저 그녀와 내게는 기적과도 같은 일이라는 것을 생각해보면 우리에게 주어진 이 20일간의 스위스 여행이 얼마나 꿈같은 일인지. 누군들 상상해볼 수 있으려나. 이 기쁨의 크기를, 행복의 무게를.

8.

약 20여일간 엄마와 나는 루체른의 리기 산과 필라투스, 인터라켄 일대와 마터호른 주변 산군, 아펜젤의 에벤알프를 트래킹했다. 낮에는 매일같이 성에 찰 만큼 산을 타고는 해질녘이면 숙소로 돌아와 목가적인 풍경을 보며 저녁에 맥주 한 캔을 곁들여 도란도란 이야기를 나누는 것이 이 나라에서의 우리의 일상이었다.

그 놀라운 시간들은 지나갔지만 수많은 사진과 이야깃거리가 우리에게 남았다. 호텔방에서 맥주를 마시다 모자라 비바람을 뚫고 나가 수급해왔던 일, 트래킹 중 길을 잘못 드는 바람에 기차 시간을 맞추려 미친 듯이 산악구보를 했던 일, 산과 빙하와 강과 초원을 배경 삼아 어디서건 맥주잔을 함께 기울였던 시간들. 떠올리다 보면 나도 모르게 내 입이 먼저 웃고 있는 기억들이 이렇게나 남았다. 언제까지고 함께 추억하며 되뇔 수 있겠지. 우리의 마음에 계속해서 봄기운으로 남아 훈훈한 미풍을 불어주겠지. 언젠가 마음 시린 계절이 오면 어디선가 아득히 불어올 이 바람의 온기에 기대어 또 한 고비 잘 살아 넘길 수 있겠지.

9.

너무 무거워 흩날리지도, 볼을 따라 흐르지도 못하는 눈물이 손등에 후두둑 떨어진다. 무거운 슬픔은 그 눈물방울도 이렇게나 크고 무겁다. 잦아들기를 기다려보지만, 손등에 떨어지는 여전한 무게감에 당황스럽기만 하다.

엄마를 게이트로 들여보낸 그 자리에서 한동안 떠나지 못했다. 세금 환급은 잘 처리했는지, 비행기는 잘 찾아서 탔는지 모두 확인한 후에야 나는 출국장 근처에 퍼질러 앉아 숨죽여 울 수 있었다. 영영 떨어지는 것도 아닌데 왜 이리도 슬프고 서러운 것인지. 이제까지 스위에서의 여정이 머리 속에서 끊임없이 반복 재생된다. 계속해서 복기한다. 그리고 이제서야 의미 없는 자책. *더 잘할 걸.*

맥주도 더 많이 같이 마셔주고, 유독 맛있어하던 커피믹스도 더 사서 보내고, 이탈리아에서 다쳤던 발목 아끼느라 예정보다 조금 줄였던 트레킹도 그냥 더 많이 같이 걸어줄 걸.

함께 여행하면서 모든 일정을 주도했던 나였음에도 엄마만 따라다니다가 갑자기 혼자 뚝 떨어진 것마냥 막막해졌다. 혼자 하는 이 여행을 더는 하지 못할 것처럼 느껴졌다. 그 동안 숱하게 홀로 떠났던 여행길은 마치 다른 이의 것 마냥, 나는 갑자기 생전 처음 떠나온 사람의 심정이 되어버렸다.

엄마와의 시간으로 재충전해 남은 여행길을 다시 힘차게 걸어가려 했건만, 되려 타격을 입고 말았다. 앞으로 남은 갈 길은 멀고 모험은 여전히 크기만 한데, 그 모험 길에 마음 가질 않으니 걷는 걸음이 천근만근. 억지로 짊어진 배낭이 두 어깨를 깊이 짓누른다.

IO.

스위스를 떠나고 며칠 후, 엄마는 내 SNS에 장문의 댓글을 남겨놓았다.

> *너를 낳을 시기부터 시작된 장마는 한 달을 축축히 채우고 나서야 물러가곤 하지. 허니 산후우울증을 앓는다 해도 이상할 것 없는 계절이었지만 세상 예쁜 내 아갈 두고 산후우울증이라니…… 내겐 말도 안 되는 일이었지. 때론, 싸가지도 없게 똑 부러진 이 아이가 대체 누굴 닮았나 싶기도 하지만, 그렇지 못한 내 스스로가 한심해 너를 그렇게 키운 내 작품인걸 인정하면서도, 대리만족 같은 건 없더라.*
>
> *스위스에서 돌아온 날부터 이곳은 날마다 비가 내린다. 널 낳은 그해 장마처럼.*
>
> *좁은 비행기 안, 지나치게 친밀하게 붙어 앉은 이방인 옆에서 취리히 공항이 멀어질 때까지 섧게 울었어. 알고 있었으니까, 네가 그러고 있을 거라는 걸. 하지만 그 슬픔은 좀 더 서로에게 잘해주지 못한 아픔이 깃든 사랑의 감정이기에 그저 아프기만 한 것은 아니잖아, 그렇지?*
>
> *세상 잘난 내 아가, 우린 너무 사랑하니까 그 눈물은 괜찮아. 또 그렇게 밤새 마트를 찾아 다니면서 떨어진 맥주를 채워가며 낄낄거릴 날들이 기다리고 있잖아. 그러니 어서 빨리 네 발목이나 좀 개운해졌으면 좋겠다. 또 건강히 보자.*

지금껏 대체,
무엇을 얼마나

온 몸의 신경을 곤두세운 채 여행한다. 어디서도 느껴보지 못한 감각에 온 신경을 집중하느라 애를 쓴다. 그럼에도 머릿속은 어딘가에서 끊임없이 생겨나는 상념들로 매일같이 가득 차 있다. 나는 여전히 나로 가득 차 있고, 언제쯤 비워낼 수 있으려나, 지난한 날들이 계속된다.

혼자 있을 때면 온갖 상념들이 머리를 점령한다. 매일같이 피어오르는 형체 불분명한 것들에 멍하니 잠겨 있으면서도, 한편으로는 아무 생각이 없는 듯한 매일을 지난다. 차라리 강제적인 집중을 요하는 업무나 과제라도 어디선가 받아와야 사방으로 흩어져 흐려지는 이 정신 에너지를 운용하기가 더 수월할까. 항상 급선무로 처리되어야 하는 것들과 온갖 자극에 둘러싸여 일상을 살던 인간에게, 완만한 능선의 자연만이 전부인 생활은 어쩌면 돼지 목의 진주목걸이인 격인지도. 나는 지금 내게 주어진 것들을 제대로 감당이나 하고 있을까, 지금 겪고 있는 것들이 어느 정도의 가치일지 가늠이나 하고는 있을까.

한여름이라지만 겨울 옷을 입어야 한다. 바람과 물기로 인해 몸이 움츠러든다. 흐리고 비 오는 날이면 섭씨 5~6도까지 내려가는 이곳의 여름은 저절로 겨울을 상기시킨다.

내게는 알레르기가 있다. 계절과 계절 사이에 일어나는 알 수 없는 신체적 거부 반응. 눈 주변이 참을 수 없을 만치 가려워지는 것은 겨울이 오고 있음을 알리는 징조였다. 벌개진 눈을 맘껏 비비지 못해 짜증과 예민함이 치솟는 환절기를 거치고 나면 어느새 우울의 계절이 시작되어 있었다. 시종일관 회색 빛인 하늘과 그 아래 앙상하고 메마른 나뭇가지. 싸구려 소재의 외투는 아무리 잘 여며도 시린 바람을 막아내기엔 역부족이었다. 덕분에 남들보다 일찍, 그리고 초봄 늦게까지 추울 수밖에 없는 나 같은 사람에게 겨울은 1년 중 4~5개월은 족히 되는 긴 계절이었다. 항상 시린 손과 발은 체질 탓이었을까, 아니면 매년 긴 겨울을 살아서였을까. 가끔씩 소시오패스적인 생각을 뱉어내는 냉랭한 마음을 수족냉증 같은 체질 탓으로 돌리고 싶었다. 원래 체질이 그렇다고 하면 사람들은 그런가 보다 하고 고개를 끄덕여주곤 하니까.

내 마음도 내 몸 보듯 봐줘, 마음에 부는 바람이 날카롭던 날들이었다.

절벽 끄트머리에 조심스레 웅크리고 앉아 검은 해변을 내려다보고 있으려니, 태어나서 한 번도 들어본 적 없는 기이한 굉음이 날카로이 허공을 가른다.

무슨 소릴까, 이건.

궁금해 주위를 둘러봐도 딱히 눈에 뵈는 것이 없어 신경을 거둘 즈음, 또 한 번의 '쩌엉—' 하는 소리가 허공을 가르고 훅 들어온다. 태어나 들어본 소리 중 가장 무겁게 시원하며 거대하게 통쾌한 소리, 약간의 카타르시스마저 일게 하는 소리.

바람이 거세게 분다. 산 너머에서 불어오는 찬 기운의 바람은 좀처럼 한 방향으로 모이지 못하고 사방으로 흩어졌다 다시 모이기를 반복한다. 그 바람에 서로 엉킨 머리칼이 내 얼굴을 가운데 두고 사방팔방 소란을 일으킨다. 아래에 드리운 검은 해변이 지나치게 가깝다. 휘몰아치는 바람 한 가운데 서있는 것만큼 자기 연민에 빠지기 쉬운 일이 있을까. 그렁이던 회한이 눈가에서 떨어질 때쯤 황급히 그 절벽에서 발걸음을 돌린다.

절벽을 내려오기 전, 해변의 반대편으로 눈을 돌렸을 때에야 나는 알 수 있었다. 어딘가를 향한 외마디 외침과도 같은 그 소리는 저 멀리 산 위의 빙하가 갈라지며 내지르는 그것이었다.

> *행복해지는 방법은 행복해지려는 마음에서 벗어나는 것이라는 걸 알면서도 어리석음에 감히 그럴 마음을 먹지 못하고. 언제나 기쁜 것, 슬픈 것, 화나는 것들 사이에 풍덩 뛰어들었다. 일상의 다반사에 매여 있기를 자처하며 사는 모양새.*

뒤로는 웅장한 산, 바다 건너로는 피오르드 지형이 자리한 작은 항구마을, 달빅. 아이슬란드 어디를 가도 그렇긴 하지만 이 마을은 유난히 '휘게'적이다. 바깥으로는 사치스러운 풍경의 산과 바다를 두른 채, 마을의 집이나 카페, 호스텔은 호사스러운 아늑함을 품고 있다. 사용감이 느껴지는 스키나 스케이트화 등 각종 계절 스포츠용품은 인테리어소품인양 나무 벽에 걸려있고, 원목 마룻바닥 위에는 알 수 없는 동물의 모피가 아무렇지 않게 깔려있다. 그 위에 놓인 흔들 의자에 앉아, 나는 코코아를 탄 커피를 한 잔 마신다.

여행 비용이 많이 드는 나라일수록 낮 시간의 숙소는 텅 빈다. 보통 일주일, 길어야 열흘 정도 아이슬란드를 여행하는 이들에게 아이슬란드 여행은 불가피하게 로드트립이 될 수밖에 없다. 1번 국도인 링 로드를 따라 중간중간 관광 스폿을 들르며 한 방향으로 계속 이동하는 여정이니, 숙소는 사실상 저녁을 먹고 눈을 붙이기 위한 캠프로서만 기능한다.

반대로, 40일이라는 긴 기간 아이슬란드를 여행하는 나 같은 뚜벅이 여행자에게 아이슬란드는 때때로 집순이 생활을 하게 하는 곳이다. 한 마을에 며칠씩 머무르다 보니, 평범한 북유럽 가정집을 개조해 운영하는 안락한 호스텔에서는 실내에 머무르며 상념에 잠기는 것 자체가 또 하나의 여행이 된다. 복고풍 느낌의 주방 기기들을 찬찬히 살펴보고, 손때 묻은 오래된 앤틱 가구들을 둘러본다. 창 밖으로 펼쳐지는 광활한 자연과 아늑한 실내의 조화로움을 만끽한다. 바깥 날씨가 험해지기라도 하면 실내의 아늑함은 배가 되니, 나쁜 날씨를 탓하기는커녕 기쁜 마음으로 실내에 틀어박힐 좋은 핑계를 얻는다.

이곳은 마음과 사정 바쁜 이들이 며칠간 스스로를 보살피며 쉬기에 더할 나위 없이 좋은 곳. 오늘도 마을 한 바퀴를 산책한 후 실내에 틀어박혀 음악이나 듣고 몇 글자 끄적여 본다.

아이슬란드는 몹시 아름답지만 결코 여행하기 좋은 나라는 아니다. 높은 물가, 제한적인 대중 교통, 계절에 따라 극단적으로 길고 짧아지는 낮과 밤, 거친 날씨와 지형적 특징은 이곳에서의 여행은 물론, 살아가는 것 또한 쉽지 않으리라는 것을 짐작하게 한다. 기본을 충족하며 살아가기 힘든 곳. 그러나 아이러니하게도, 그러하기에 자연스럽게 본질에 집중하게 하는 힘이 있는 곳이다. 거친 날씨를 피할 수 있는 아늑한 숙소와 오늘 하루를 살아낼 먹을거리가 있고, 가뜩이나 인구가 적은 이곳에서 더욱 외딴 섬처럼 느껴지는 나의 존재를 위로하는 또 다른 외딴 섬, 타인의 존재. 이외에 또 중요한 것이 대체 뭐가 있을까. 세계와 나, 다른 존재가 이루는 관계망이 분명해지고 뚜렷해진다. 사람과 사람 사이의 감사와 유대가 두터워진다. 본인의 불행에 취해 타인을 보려 하지 않았던 이 박한 이의 마음 안에서도.

지금껏 대체 무엇을 얼마나 놓치고 살아왔는지를 아이슬란드의 모든 것이 한 목소리로 일깨운다. 나는 이 너른 자연을 앞에 두고 자꾸만 목놓아 울고 싶어지는 것이다.

얼마간의 돈을 쥐어주고 얻은 자그마한 방. 창가에 걸터앉아 어디서도 본 적 없는 기이한 형태의 구름이 산 위에 드리우는 그림자를 응시한다. 일을 마치고 집으로 돌아가는 어부들 몇 명이 인적 없는 마을의 도로 위를 걸어간다. 집으로 돌아가는 것일 테지. *그들의 귀로.*

나는 그 장면을 배경 삼아 그리운 이에게 편지를 쓴다. 내년, 꽃 피는 봄이 오면 집으로 돌아가겠다고.

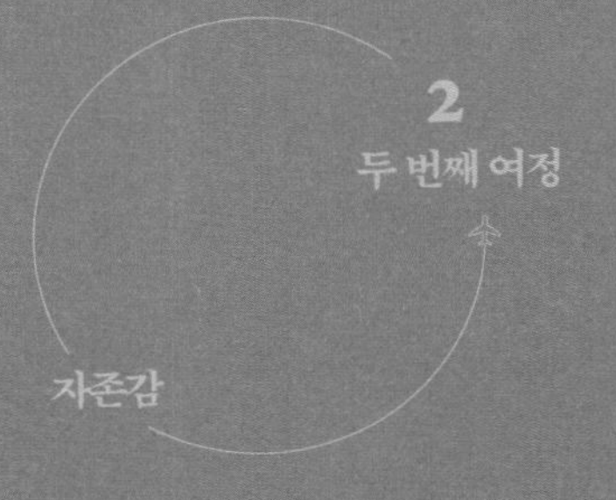

2
두 번째 여정

자존감

나도 멋진 사람이 될 수 있을까?

1 Story

Amalfi, Italy 아말피, 이탈리아

어두운 등잔 밑, 그대의 아름다움

남부 이탈리아 해안의 작은 마을 아말피에 도착한 직후 몇 시간 동안은 들썩이는 마음을 좀체 진정시키기 어려웠다. 이 지역에 열흘 정도를 소요하기로 마음먹은 자신이 기특할 정도로, 아말피는 햇살 아래 그 눈부신 자태로 빛나고 있었다.

선망해오던 남부 해안 지역이었으나 조금은 망설였다. 숙박도 비싼 해안가 마을, 사실 소렌토에서 두세 시간밖에 떨어져 있지 않아 당일치기로 둘러보고 돌아가는 관광객들도 태반이었다. 얄팍해진 주머니 사정과 버킷리스트 사이에서 고민하다가 푸른 바다의 부름을 따랐는데, 결론적으로 탁월한 선택이었다.

아말피에서 도보로 5~10분 정도 떨어진 아트라니(Atrani)라는 조용한 마을에 둥지를 틀었다. 숙박비가 비싼 아말피를 대신한 차선책이었으나 알고 보니 최선책이었던 곳. 등잔 밑이 어두운 법인지라, 모든 이의 관심이 아말피에 쏠려 있어 그 지척에 위치한 곳임에도 조용했다. 2차원의 평면에 3차원의 공간을 표현했던 에셔(Escher)가 몇 작품의 모티브로 삼았을 만큼 그 아름다움이 인상적인 마을. 마을 규모는 중심 광장을 '광장'이라 부르기 귀여울 정도로 자그마했다. 오래된 마을 곳곳에는 따로 설명이나 표식도 없이 자리한 오래된 벽화들이 있고, 이로 인해 골목을 지날 때마다 느껴지는, 이 작은 동네에 스며든 역사의 기운에 괜스레 마음이 경건해진다.

관광객이 많지 않은 이곳에선 만원 돈이면 광장의 노천 레스토랑에서 파스타를 즐길 수 있다. 목이 말라 생수를 사려는 내게 사람들은 광장 분수의 물을 떠 마시면 된다 일러주었고, 인심 좋은 호스텔 주인은 6인실 침대를 예약한 내게 2인실 방을 내주었다. 광장을 지날 때마다 매일같이 웃으며 인사를 건네는 마을 사람들을 따라 나도 함께 웃으며 인사했다. 매일을 넓은 바다를 보며 사는 사람은 마음도 바다가 되는 걸까.

바다만큼 넓은 마음으로 사랑 받길 바랐었다. 다른 누구도 아닌 나로부터.

5월의 남부 이탈리아는 어딜 가든 총천연색으로 빛이 났다. 가파른 절벽 지형에 위치한 작은 마을들을 연결하는 길을 따라 트레킹을 하다 보면 파란 바다와 하얀 구름, 도처에 만발한 들꽃이 걷는다는 인간의 기본적인 행위만으로도 충만한 기쁨을 느끼게 했다.

살아감에 있어 그저 기본인 것, 가지고 태어난 기본 그 자체로 스스로를 받아들임으로 충만한 기쁨을 느끼며 살아가는 것이 왜 그리도 어려웠을까.

어제는 허락 없이 내 사진을 가져다 쓴 계정을 우연히 발견했다. 꽤나 예전부터 공개적인 플랫폼에 글과 사진을 올리다 보니, 이렇게 이따금씩 내 사진이나 글이 타인의 것으로 둔갑해 어딘가에 올라오는 경우가 있다.

화가 나기보다는 어쩌겠나 싶은 마음이 들었다. 우리가 살아가는 사회는 사랑 받을 수 있는 인간상이 뚜렷하고도 엄격히 정해져 있어, 자신의 것이 그와 조금이라도 어긋난다면 일순 초라해 보일 수밖에 없는 것을. 그러한 자신의 생각과 그로부터 탄생한 글이 스스로의 눈에 어여뻐 보일 리 만무한 것을. 욕망은 돈이 되기에, 사랑 받는 인간상을 제시하여 획일적인 욕망이 거대한 단위로 대량생산되고 일괄 소비되기를 장려하는 이 사회에서 개인의 정체성이 지니는 가치란 얼마나 보잘것없어지는지.

자존감이 화두인 요즘, 여기저기에서 이에 대한 담론과 논쟁이 많아진다는 것은, 그만큼 건강한 자존감을 갖기 어려운 환경에서 우리가 살아간다는 것일 테다.

스스로의 모습을 만족스러워하지 않는 사람이 매일의 일상을 만족스러워할 수 있을까. 우리는 어떻게든 삶을 좀 더 나은 것으로 만들기 위해 소소하지만 확실한 행복거리를 찾고, 여행을 떠나고, 연애를 하는 등 갖은 애를 쓰지만, 나로서 존재하는 것을 인정하고 받아들이는 것만큼 만족스러운 삶에 우선하는 것도 없을 터. 타인의 글과 사진을 베껴 올리는 것은 분명 쉽고 간편하게 자신을 포장하는 방법이겠지만, 나의 글을 가져간 이도 기실 알고는 있겠지, 이것이 궁극적인 해결책이 될 수 없다는 것을, 이런 행위를 하는 스스로를 좋아하기는 더 어렵다는 것을.

대여섯 걸음에 한 번씩 뒤를 돌아본다. 아트라니에서 아말피로 가는 길에서는 결코 빨리 걸어갈 수 없다. 걸음걸음마다 달라지는 아트라니의 전경과 바다의 어울림을 놓칠 수 없어 자꾸만 뒤를 돌아본다. 파란 바다와 어우러진 코랄빛 마을의 색감이 사랑스럽기 그지 없어, 한 초콜릿 브랜드가 왜 오드리 헵번을 주인공으로 이 길에서 광고를 촬영했는지 알 것 같았다.

길을 걷다 보이는 벤치에 잠깐 시간을 내어 앉는다. 이곳 사람들도 이 길에서 바라보는 아트라니의 아름다움을 알고 있는 것이다. 마을 전체가 보기 좋게 시야에 꽉 들어차는 지점에 이렇게 벤치 하나를 놓아둔 것을 보면.

자신을 사랑하기 어려운 곳에서 자신을 사랑해보려고 얼마나 애를 썼는지. 동시에 타인을 사랑하려고는 잘 않고.
모름지기 앞으로 계속해서 나아가기 위해서는 나는 지난 것들을 돌아볼 필요가 있기에, 지구 반 바퀴를 돌아와 잠시 머무는 이 바닷가에서 바람 맞으며 살아 지나온 날들을 눈앞의 풍경 섞어 조망하는 것이 요즘의 소일거리.
나의 20대는 항상 부족한 자기애와 스스로에 대한 과잉보호로 점철된 날들이었다. 건강하지 않은 마음으로 나를 비롯한 여러 사람을 괴롭게 만들었던 죄스러움.
여행을 하면서 수없이 고해성사 비슷한 것을 한다. 여행 자체가 나에겐 순례길이 되었다.

이렇게 어려운 전진을 하다 커브를 한 번 돌고 나면 더 이상 아트라니가 보이지 않는다. 아쉬워할 필요는 없다. 이제 눈앞에 아말피 전경이 펼쳐질 차례니까. 넓은 해변이 반달모양으로 시원하게 펼쳐진 아말피는 5월 초임에도 벌써부터 해수욕하는 여행객을 맞을 준비를 마쳤다. 미니어처 같이 보이는 파라솔과 선베드가 아침마다 해변을 장식하면, 아말피는 이렇게나 귀여워진다.

햇살은 눈부시고, 바다는 그에 따라 청량하다. 마음이라는 내 방의 온 창문을 다 열어젖히고 시원하게 환기를 시키는 기분. 날아가버리면 어쩌지. 이대로 황홀히 부서져 흩어지면 어쩌지.

11년 전 처음 배낭여행을 시작한 이후로 지금껏 길고 짧은 다양한 여행을 해왔다. 여행을 하면서 만나게 되는 각양각색의 문화와 사람들은 나로 하여금 다양한 시각으로 세상을 볼 수 있게 했다. 이는 마찬가지로 스스로를 다양한 관점으로 볼 수 있게 하는 것이었다.

오랜 시간 다양한 가치를 직접 보고 겪으며 나의 가치가 될 수 있는 요소를 발견해 서서히 가꾸고 발전시켰고, 꽤나 마음에 드는 지금의 내 모습에 이르렀다. 건강한 자아감, 자존감의 확립 이후 행복하고 만족스러운 일상은 필연적인 결과였다. 이것은 분명 거창하면서도 확실한 행복.

과거의 나는 누구도 원하지 않으면서 누구든 나를 원하길 바랐다. 그것은 아마 내가 나를 원하지 않았기 때문에 대신 원해줄 누군가가 필요했던 것일 터. 지금 생각해보면 타인이 나를 원하기를 바라는 것, 즉 타인의 욕망을 욕망하는 것을 경계하고, 대신 내가 좋아하는 스스로의 모습에 좀 더 집중해야 했다. 다른 사람이 보기에 멋있지 않고 아름답지 않더라도, 오롯이 내가 원하는 나의 모습을 고민해보는 시간이 필요했던 것이었다.

누가 알아주든 몰라주든, 나는 이 세상의 유일무이한 존재. 삶이라는 것을 경험해볼 수 있는 기회가 주어진 특별한 존재. 자신의 우주에서만큼은 중심이 되어 살아가고 싶다고, 나뿐만 아닌 우리 모두가 그렇게 각자의 은하계에서 태양으로 살았으면 좋겠다고 생각해본다.

나만 몰랐다. 내가 얼마나 많은 아름다움과 가능성을 품고 있는 사람이었는지. 적어도 나의 세계에서만큼은 스스로 여신일 것을 다짐했다.

라벨로에서 아말피까지 이어지는 트레킹 코스. 등잔 밑이 어두운 법이기에 사람들은 절벽 아래 아말피와 포지타노 마을에만 정신이 팔려있어, 보기 드물게 아름다운 이 하이킹 트레일에는 나 혼자뿐이다. 이 길에 아무도 없다고 해서 결코 그 아름다움이 덜해지는 것이 아니듯, 누가 알아주지 않는다 하여 우리 고유의 아름다움이 사라지는 것은 아닐 테지. 그 누구의 존재도, 시선도 없이 혼자 이 길을 만끽한다. 자유롭고 충만하며 나로 충분한 시간.

그대의 아름다움을 그대만 모른다. 그대가 얼마나 아름다운지, 얼마나 완벽한 존재인지 그대만 몰라.

얼마나 많은 사람들이 자신의 아름다움을 미처 모르고 살아가는지.
스스로에게서 진심으로 사랑 받는 일에 비하면 타인에게 사랑 받기는 얼마나 쉬운지.
내가 그대 아름다움을 알듯 그대 또한 스스로의 아름다움을 알아줘요.
내가 그대를 보는 눈으로 그대도 그대를 보아줘요.

스스로에 대한 사랑의 역사

많은 일들 사이에서 위축되고 낮아져 스스로 아름답지 못하다 느껴질 때면 우유니에 가는 것이 좋겠다. 그저 거기 서 있는 것만으로도 아름다운 한 떨기 꽃이 될 수 있는 그곳에.

우유니의 소금사막, 끝없이 펼쳐진 구름 반영 위 한복판에 선다. 마치 세상의 주인공이 된 듯한 기분을 느껴볼 수 있는 곳. 매일같이 방문객이 쏟아짐에도, 사방으로 드넓은 곳에 사람들을 흩뿌려놓은 탓에 사막 전체에 우리밖에 없는 듯했다. 신난 일행을 뒤로 하고 잠시 혼자 떨어져 나와 시야에 아무도 걸리지 않는 곳으로 걸어가 수평선을 바라보고 서 있노라면, 판타지 영화나 게임의 엔딩에 마침내 다다른 듯한 기분이 들었다.

여행을 시작할 때부터 입어서 헤지고 낡은 내 빨간색 원피스가 이 하얀 소금사막 위에서 바람에 흩날릴 때면 내 모습이 꽃 한 송이와 같이 아름다워 보이는 것을 안다. 본디, 한 개인의 아름다움은 아름답고자 하는 욕망이 아예 없는 무구함에서 나오거나, 자신의 아름다움을 확신하는 당당함에서 나오는 법. 마음이 튼튼하지 못했던 시절, 이곳에 왔다면 좋았을까. 사랑 받은 사람이 사랑도 잘 하듯, 이렇게 아름다운 풍경을 몸과 마음에 담아 겪었다면 그때의 내게도 이 우유니의 아름다움이 스미었을 텐데.

내 빨간 원피스 끝자락이 소금 사막 평원 위에서 꽃잎처럼 펄럭인다. 스스로를 사랑할 수 있는 아름답고 건강한 마음을 갖고 이곳에 서게 되었기에, 언젠가 어느 여행가의 사진에서 이곳을 보고 상상만 했을 때와 달리, 마음이 쉽지 않다. 마음결에 감사가 꽃피듯 퍼진다.

내가 나를 사랑하기 시작했던 것이 언제부터였더라. 그리 오래지 않은 스스로의 사랑의 역사.

부모가 자식을 사랑하는 것도 당연한 것이 아닌 이 가여운 시대에는 존재를 뒤흔들고 불안하게 하는 것들이 너무도 많아, 스스로에 대한 확신이 없는 나 같은 이를 가만 놔두지 않았다. 불온한 것 투성이였던 외부 세계에서, 내부 세계 또한 제대로 확립될 리 만무했던 나이. 버들가지마냥 뭔가에 휩쓸려 곧잘 이리저리 몸이 기울던 나는, 가난하여 나를 포함한 누구에게도 건네주고 싶지 않았다. 삶의 이유를, 사랑을.

생각해보면 당연한 것이었다. 전쟁터 같은 집을 등 뒤에 두고 있는 한, 어딜 가도 자신 있게 당당할 수가 없었다. 밖에서 아무리 잘하고 인정을 받아도 집에 돌아와 마주하는 현실은 현실이라 믿고 싶지 않은 것이어서, 우리 집은 왜 이 모양이지, 이따금씩 부끄럽기도, 그저 남의 일인 양 모른 체 하고 싶기도 했다. 아무리 멀쩡한 척 숨기려 해도 짙게 배어든 폭력의 냄새와 피비린내가 내 몸 어딘가에서 슬그머니 풍기는 것 같았고, 어떻게든 이 구린 것들을 덮으려 어느 방향으로든 과장된 표현과 행위로 나를 포장하려 했던 나는, 지금 돌이켜보면 다른 사람의 눈에는 아마 연극성 인격장애를 겪는 사람으로 보이지 않았을까 싶을 정도였다.

계속되는 불안은, 어느 순간에는 차라리 그 한가운데로 뛰어들어버리고 싶게도 했다. 언제 터질지 모르는 시한폭탄을 내 손으로 터뜨리고 자멸하는 상상을 하며 현실을 위안할 때면 나는 에라 모르겠다, 찌르고, 찌르고, 또 찔러 죽이고, 목을 졸라 죽이고, 온갖 폭력을 쏟아 부어 내 손으로 끝장을 내고는 가쁜 숨을 몰아 쉬며 꿈에서 깨어나곤 했다. 그럴 때면 나는 내가 혐오하는, 끝내 용서 못할 누군가를 너무도 닮아있는 것이어서 내 핏속에 새겨져 있는 어쩔 수 없는 인자를, 부지불식간에 입력되어버린 행동방식을, 그리하여 결국은 내 자신을 경멸하고 마는 것이었다.

그 즈음 매스컴에 나오는 '사랑 받는 사람들'의 모습은 나와 생김새부터가 이질적이었다. 어딜 가도 당당하고 자신 있게 빛나는 아름다운 사람들. '무조건적으로 사랑 받는다'는 것은 그 당시의 내게는 해당되지 않는, 특별한 사람에게나 일어나는 특별한 일이었다.

그 언젠가 아주 예전, 뭉게구름 가득한 우유니 소금사막의 반영 사진을 봤을 때의 특별함이 기억난다. 꿈속의 세계에서나 존재할 법한 모습으로 이 세계에 대한 나의 무지를 일깨운 아름다움.

세상에 대한 무지 그리고 나에 대한 무지. 어리석고 어린 나는 아는 것이 없었고, 발군의 능력을 보이는 것도 없었고, 아름답지는 더더욱 못했다. 스스로가 마음에 들지 않았기에 누군가 나를 사랑할 수 있다는 사실이 믿기지 않을 수밖에. 어쩌다 한 줌의 애정이라도 주어질라치면 그것은 끊임없이 확인되어야 하는 것, 의심할 수밖에 없는 것이었다. 사랑을 받으면서도 제대로 받아내질 못해 괴로웠던 시기였다. 스스로에 대한 확신이 없는 상태에서 주어진 사랑은 졸부의 돈과 같은 그 무엇—자신 없는 스스로를 채우기 위한 수단, 줄어들 줄 모르는 갈망, 채워지지 않는 허영—이었다.

그 누구도 알려주지 않았다. 추한 스스로를 어떡하면 사랑할 수 있는지, 이따금 내게 사랑한다 말하는 사람들은 역겨운 냄새가 나는 이 몸과 영혼을 대체 어떻게 사랑한다는 것인지 이해가 되지 않았다. 그들을 내친 후 마침내 아무도 없기라도 할 때면 누구도 나 따위는 안중에도 없는 듯한 존재감에 절망했다. 이래도 과연 살 가치가 있는 것인지, 궁금한 것 투성이였지만 아무도 알려주지 않았다.

> *'나를 사랑하는 것'이 어려운 이유는, 무척이나 단순 명료한 그 문장에 비해 그것을 실행하기란 막막하고 막연한 것에 있다. 어떻게 해야 스스로를 사랑할 수 있는지는 알려주지 않지만 무조건 자신을 사랑하는 것이 좋다는 인상을 주는, 조금은 강압적으로 느껴지기까지 하는 부담스러움.*
> *나를 사랑하기 위해 어떻게 해야 하는지, 자존감을 높이려면 어떻게*

해야 하는지는 자존감의 기본개념을 이해하는 것에서부터 시작해 나가면 놀랍도록 명확해진다.

'자아존중감: 자기 자신에 긍지를 갖고 스스로를 가치 있게 평가하는 마음'

내가 나에게 자신 있고 가치 있는 사람으로 느껴지기 위해 필요한 것은 무엇일까? 내가 무엇을 갖추고 있어야 스스로를 가치 있는 사람이라고 느낄 수 있을까? 내가 현재 내 모습이 마음에 들지 않는다면, 그것은 구체적으로 무엇 때문일까?

스스로를 내켜 하지 않는 마음의 이면에는 어떻게든 지금보다 더 나은 사람이기를 원하는 욕망이 있었다.

그리하여 스스로여야 했다. 다른 누구도 아닌 스스로에게 자신 있기 위해, 내가 나를 마음에 들어 하기 위해, 필요한 요소를 고민하고 그것을 하나씩 탑재해가는 것이 필요했다. 스스로 마음에 드는 장점을 극대화하고 마음에 들지 않는 단점을 보완해가는 것. 자신에 대한 주관적, 객관적인 가치를 조금씩 높여가는 것. 나의 경우에는 이러한 것들이 커리어, 건강한 심신, 작더라도 확실한 성취, 넓은 스펙트럼의 취미와 지식, 외모 그 이상의 매력, 성찰하는 태도와 관통하는 시각이었고, 지금껏 부단히 노력하여 일부를 갖출 수 있었다. 스스로에게 마음에 드는 모습으로 점차 변화해가니 조금씩 내적인 안녕을 찾을 수 있었다.

마음에 들 법한 모양새로다가 자신의 삶을 가치 있게 가꾸어 나가는 것, 이를 바탕으로 차곡차곡 쌓아 올린 자신에 대한 확신은 무엇보다 단단한 반석이 된다.

불안해도 시간은 흘렀다.

삶은 중단되지 않았고, 시간이 흐른다는 마법이 내게도 일어났다. 생을 꼭 쥐지도, 그렇다고 완전히 놓아버리지도 못한 상태에서 달력에 날짜 지우듯 하루하루를 살아 지웠음에도, 차마 포기 않고 그 동안 계속해온 것들이 하나둘 효력을 거두기 시작했을까. 흐르는 시간은 그 안에 품은 서사로 존재를 강하게 하고 겪어온 이의 마음에 단단한 근육이 서게 했다.

그리고 오랜 시간 동안 마음 안에 타르처럼 엉켜 붙어 있던 것들을, 나를 낳은 이 앞에 꺼내 보이고 나서야 바닥을 찍고 올라설 수 있었다. '엄마, 나는 사실 살고 싶지가 않아'라고 고해성사하듯 뱉어냈을 때, 엄마는 이에 과히 놀라거나 두려워하지 않았다. 대신, 그녀도 한때 지녔었던 그늘을 그녀의 삶에서 어떻게 극복했는지, 그 보편적이고도 특수한 정서적 경험을 차분히 풀어놓았고, 그 이야기의 끝에는 오늘날 살아있어 참 다행이라고 토로하는 행복이 있었다. 동아줄이 내려진 듯한 순간. 엄마가 살았으면 나도 살 수 있겠다고 생각했다. 자존의 시작이었다.

돌이켜 생각해보면 이렇게 단단한 마음을 지니게 된 것은 어쩌면 내정된 미래였을지 모른다는 생각이 든다. 다른 누구도 아닌 결국 엄마였다는 것을 생각해보면. 이로써 그녀는 나의 육체뿐 아니라 건강한 정신까지 낳은 내 삶의 유일무이한 존재가 되었다.

자존감이 올라가니 자연스레 타인으로부터 주어지는 것에 초연하게 되었다. 다른 이에게 인정받는 것에 관계 없이 스스로에게서 인정받지 못하면 아무 의미 없다는 것을 진즉 알아버렸기에, 삶의 기준이 나 아닌 다른 사람이 될 수가 없었다. 나의 삶은 다른 사람을 만족시키기 위함이 아닌, 나 자신을 만족시키기 위한 것이 되었다. 내가 어떤 사람인지, 어떤 순간에 만족감과 행복을 느끼는 사람인지를 알고 그를 충족하는 것이 제일 중요하게 되었다.

고양된 자존감은 스스로 행복할 수 있는 사람이 되게 하고, 반대로 내 힘으로 행복할 수 있는 사람이 되었다는 것에서 자존감이 더 강화되기도 했다. 이 두 가지는 마치 닭과 달걀처럼 서로에 대한 원인이자 결과인 셈.

인간이 시간의 차원에 있어 한 방향으로만 흐를 수 있는 일차원적인 생물이어서 얼마나 다행인지. 그렇지 않았다면 나는 수없이 돌아가 많은 선택을 번복했을 테고, 지금의 내가 사랑할 수 있는 스스로를 만들어내지 못했을 터.

살아갈 수 있는 힘, 오롯이 스스로 행복해질 수 있는 힘을 갖추었을 때에야 나의 심신은 온전히 건강해질 수 있었다. 이 힘을 지니고 여행을 떠나와, 계속해서 마음 안에 기르고 키운다. 이제는 나 혼자만이 아닌 내가 사랑하는 사람들까지도 행복하게 할 수 있는 힘을, 나와 내 사람들이 행복할 수 있는 삶을 어디에서든 계속해서 추구해나갈 수 있는 힘을.

아름다우면서 건조한 소금사막 우유니는 내게 몸소 보여준다. 사막 한가운데에는 우유니 본연의 아름다움 외에는 그 어떤 부자연스러운 인공물도, 유난스러운 호객도 일체 없었다. 그 누구에게도 이 아름다움을 애써 설명하거나 강요치 않는 건조한 태도로 일관하는 하얀 땅. 그리하여 이곳에서 나는 스스로에 대한 사랑을 천명하던 그때를 계속해서 반추한다. 이를 되새겨 재차 다짐케 하는 힘을 지닌 곳이었다.

올해가 채 3일도 남지 않은 시점, 나는 이제 순백의 사막을 뒤로 하고 또 다른 건조한 아름다움으로 이름난 황무지, 산 페드로 데 아타카마로 향한다. 사막에서의 뜨거운 새해 일출을 맞이하기 위하여.

> *나를 파괴할 권리가 내게 있듯 나를 사랑할 의무 또한 나에게 있으니, 타인에게 나를 사랑할 것을 종용치 않는다. 이 황홀한 의무를 아무에게나 부여하지 않겠다. 외부로부터 주어지는 사랑에 한층 더 무심하게, 나의 안녕을 저해하는 모든 크고 작은 것들에는 작별 인사를 무자비하게.*
> *그제서야 삶은 고통 아닌 축복이었다.*

타당한 추론의 결과

나의 자존감은 타당한 추론에 기인한다.

첫째. 개별성

자존감이 낮을 수 없을 것 같은 유명인들이 낮은 자존감으로 고통받는 것을 보면, 자존감은 오로지 스스로를 바라보는 시선에 달려있음을 알 수 있다. 우리가 그들을 보는 시선에 전혀 관계 없이. 그리하여 우리가 그것을 자진하여 갖지 않을 이유가 없다.

둘째. 동일성

자기평가에 대한 기준은 자신이 타인을 평가하는 기준과 동일하다. 외모와 조건으로만 타인을 재단하는 사람은 같은 기준으로 스스로를 평가하고 박탈감을 느낄 확률이 높다. 반면, 태도와 성품, 가치관으로 사람의 아름다움을 볼 줄 아는 사람은 사람의 가치가 외모와 조건에 한정되지 않는다는 것을 경험적으로 이해한다. 고로, 보여지는 기준만으로 본인을 평가절하할 확률이 낮다.

셋째. 평가 기준의 중요성

자존감이란, 자신이 스스로를 긍정적으로 평가하여 본인이 소중하고 가치 있는 존재라는 것을 인식하고 느끼는 것. 스스로 자신의 평가 기준을 만족시킬 수 있는지가 중요하기에 그 평가 기준이 유효한 변수가 된다. 평가 기준이라는 것은 개개인마다 다르겠지만, 반드시 외적인 면이나 경제적, 사회적 능력만이 기준이 되라는 법은 없다. 오히려 스스로에게 떳떳하게, 멋있게 살아왔는가와 같이 인격과 인품, 노력 여부가 좋은 기준이 될 수 있다. 그리고 최선을 다해 열심히 살아왔다면 이에 미치지 못할 리 없다.

넷째. 자기 중심성

자존감은 일종의 정신승리. 내 세계의 유일한 의식 주체인 내가 사라지면 내가 인식하는 타인과 세계도 없다. 즉, 우리가 그렇게 신경 쓰는 타인과 세계도 결국 내가 없으면 존재하지 않는 것. 이 세상에 존재하는 사람들의 수만큼 각자의 세계가 있을 것이다. 그 많은 세계 중 적어도 내 세계에서만큼은 내가 중심이 되어도 좋지 않을까.

이 단 하나의 세계에서만이라도 가치 있는 존재, 존재 있는 가치가 되지 않을 이유, 아무리 생각해도 없어.

32kg에 달하는 짐을 지고 태양의 섬 꼭대기까지 올라 이틀째 이 아름다운 섬에 칩거하며 곳곳을 누빈다. 워낙 고도가 높아 맨 몸으로 올라가기도 힘든 곳이라며, 많은 이들이 그냥 코파카바나에 머물며 당일치기로 둘러보기를 권했던 곳이었다. 그러나 내가 고대하던 풍경은 코파카바나가 아닌 태양의 섬에 있었고, 2박3일간 어딘가에 짐을 맡기는 것이 불안하기도, 여의치도 않았던 것이다. 코파카바나는 이미 해발 4800미터의 고지대. 이 고도에서 짐을 지고 500미터가량을 더 오르는 것은 맨몸일 때보다 두 배 이상의 시간이 걸리는 일이었다. 정상에 위치한 게스트하우스에 도착해서 짐을 풀고 사방을 둘러봤다. 험한 길을 올라온 여행자에게 태양의 섬은 최상의 아름다움을 보여주고 있었고, 조금 지치긴 했으나 내 컨디션은 여전히 괜찮았다. 이 아름다운 섬에서 3일간 머무르며 마음껏 탐방하기로 한 것은 최고의 결정이었다.

내가 스스로 아름답다 느끼는 순간은 내가 육체적으로, 정신적으로 강하다고 느낄 때.

태양의 섬에 오르는 것도, 이 세계여행도 모두들 힘들 거라 했지만 걱정되지는 않았다. 만사 덮어놓고 긍정적인 성격은 되지 못하니, 모든 것이 괜찮을 것이라는 무조건적인 낙관 때문만은 아니었다. 살면서 겪은 몇 번의 고비가 나의 배포를 키워주었기 때문일까. 어려운 시기를 견뎌낸 사람에게는 자신에 대한 믿음이 보상처럼 주어지는 법이다. 또 다른 어려움이 오더라도 이전처럼 견뎌낼 것을 확신할 수 있다. 그리하여 더 이상 힘들 것을 미리 걱정하지 않는다. 힘이 들어야 한다면 힘 좀 들어보지 뭐. 게다가 이렇게 원하는 것을 얻기 위한 고생이라면 기꺼이. 어차피 사는 것 자체가 힘든 것이 아니던가.

언제나와 같이 고난은 필시 또 찾아올 것이나, 더 이상 두렵지 않음에 나의 오늘이 아름답다. 달디 단맛뿐이 아닌 커피의 쓴맛, 음식의 매운맛을 즐기듯 고통 또한 필연적인 생의 다른 맛이라 생각하면 겸허히 받아들일 수 있었다.

해가 지기 전, 섬의 모든 관광객이 약속된 배 시간에 맞춰 썰물처럼 빠져나갔다. 빈 섬의 고요한 초저녁. 태양의 섬에서 저물어가는 태양과 떠오르는 달을 바라보는 것은 가히 특별했다. 오늘도 이렇게 스스로 노력하여 원하는 바를 쟁취한다. 다른 방법은 없었다. 내 삶에 주어진 것 그리 많지 않아, 바라여 얻고 체득하며 예까지 왔다. 나는 강하다. 그리하여 아름답다.

살아가는 우리 모두가 아름다운 투사

1.

혼자 여행한다. 언젠가부터 홀로됨이 두렵지 않았다. 아무도 없다고 생각했던 때조차 시간이 지나 생각해보면 곁에 항상 누군가가 있었고, 그럼에도 불구하고 결국 주어진 삶을 온전히 감당해내야 하는 것이 자기 자신이라는 사실은 변치 않기에 가끔 고독을 겪었다. 삶의 주체도 객체도 결국은 나였고, 곁에 누가 있든 없든 삶의 무게는 동일했다.

2.

체제의 성격상 홀로 고립된 듯한 쿠바. 그 쿠바의 수도 아바나에서 벌써 열흘째 아침을 맞는다. 매일 아침 학원에 가서 살사 댄스를 배우는 것으로 하루를 시작하고, 낮에는 올드카를 타고 드라이브를 즐기다가 해가 질 때면 말레꼰 방파제에 앉아 일몰을 감상하고, 저녁에는 재즈 바에서 아바나 럼을 마시며 라이브 음악을 즐기는 쿠바에서의 날들.

예쁜 해변도, 에메랄드 물빛도 없는데 이렇게 낭만 가득한 바닷가는 여기밖에 없을 것이다. 골목 어디에서나 살사 음악이 들려오고 댄스를 즐기며, 갤러리들이 카페만큼이나 흔하게 있는, 예술과 삶이 이렇게나 밀접한 모습을 하고 있는 곳도 여기 아바나밖에 없을 것이다.

3.

쿠바는 현재 공산국가의 모습을 가장 잘 유지하고 있는 세계 최후의 공산국가. 그렇기에 이 나라를 여행하는 것은 국가와 체제에 대한 크고 작은 화두를 마주하게 되는 일이다.

수준급의 라이브 공연을 듣는 것이 먹을만한 스낵이나 감자칩을 사는 것보다 쉽고, 일반 마트라기보다는 배급소에 가까워 보이는 슈퍼에서 겨우 물건을 구할 수 있다. 마트에서는 유리장 안에 진열된 샘플로만 상품을 볼 수 있고, 인터넷은 와이파이 신호가 잡히는 일부 특정 장소에서만 사용할 수 있다. 옛 건물을 배경으로 70~80년대의 올드카들이 시내를 활보하는 이유 또한 쿠바의 수출입이 자유롭지 않기 때문이다. 덕분에 도시 전체가 빈티지인 곳. 레트로 무드를 좋아하는 나와 같은 여행자들에게는 최고의 여행지로 손꼽히는 곳이다.

4.

색은 시간이 흐르며 바래지만 아름다움은 깊어져 간다. 잘 보낸 시간은 그 대상에 그만의 아름다움을 한 겹씩 덧입힌다.

누군가는 다시 20대로 돌아가고 싶다 말하지만 나는 그런 바람을 가져본 적이 없다. 한겨울같은 시절을 보냈기 때문일까. 시간이 흘러 내 생애 가장 섹시한 시기를 30대에 들어서 맞이할 줄은 몰랐다. 어느 정도의 능력을 갖추고, 사랑과 연애에 충실히 마음을 쓰되 연연하지는 않고, 단단해진 마음으로 무엇이 진정 중요한 것인지 알고 그렇게 행동할 수 있는 나이.

한 해, 한 해를 지날수록 원하게 되는 것이 있다. 나의 가장 섹시한 부분이 내 몸이나 얼굴이 아닌 사유의 방식과 개성을 지닌 취향이기를. 나의 온갖 것들 중 시간의 흐름에 무너지지 않는 것이야말로 가장 가꿔갈 가치 있음이니.

아바나의 거리에는 홍콩과 뉴욕에는 없는 섹시함이 있다. 그것이 아무리 오래되고 낡은 건물 일색이라 해도. 아름답게 세월의 때가 탄 거리를 거닐며 오래된 것들의 섹시함을 곱씹어본다.

5.

이곳에서는 골목골목에서 살사 음악이 울려 퍼지고 자연스레 살사를 추는 사람들을 흔히 볼 수 있다. 살사 댄스 종주국인 쿠바에서 살사를 배워보는 것은 나의 버킷리스트 중 하나였다. 매일 1~2시간씩 구슬땀을 흘리며, 이제껏 알지 못했던 새로운 방식으로 몸을 쓰는 법을 배운다.

살사 댄스에서 제일 중요한 것은 스스로 밸런스를 잡는 것. 파트너와 함께 춤을 추며 파트너의 리드를 받아 추는 춤이지만, 스스로 자신의 무게를 온전히 컨트롤하며 균형을 잡을 수 있어야 한다. 몸의 중심에 단단히 힘을 주어 제 몸의 균형을 잡은 댄서는 몇 바퀴라도 흔들리지 않고 스핀을 돌 수 있다. 흔들리지 않기에 여유를 갖고, 그 여유로 팔과 손에 스타일링을 더하여 파트너의 리드를 더 돋보이도록 춤을 추는 중년의 쿠바 여인들에게서 강인한 우아함을 보았다.

6.

살사댄서의 강인함은 코어에서 나온다. 균형감, 밸런스. 이 단어들은 내가 살아가면서 지향하는 모토 중 하나이자 나를 잘 표현하기도 하는 말들. 이성과 감성, 내면과 외면, 글과 사진, 근육과 지방, 연애와 연애가 아닌 것들, 일과 취미, 여행과 일상 등 대립항을 이루는 거의 모든 것들 사이에서 나의 위치는 중간에 가까울 것이다. 예전에는 이를 '어중간하다'고 표현했으나, 언젠가부터 '밸런스 잡혔다'고 이야기하기 시작했다. 이렇게 표현하면서부터 여러 분야와 가치에서 크게 못나고 빠지는 것 없는 나의 균형 잡힌 모습이 마음에 들기 시작했다.

이렇게 다른 단어로 스스로를 표현하는 것이 스스로를 다르게 인식하게 만들기도 했다. 꼭 먼저 스스로를 긍정적으로 인식하고 나서야 긍정적인 단어로 자신을 표현하는 것이 아니라.

7·

쿠바의 수도 아바나에는 여행자들이 사랑해마지 않는 유명한 랜드마크가 있다. 바로 *말레꼰*. 해가 질 시간이 되면 여행자들은 말레꼰으로 향한다. 예쁜 모래해변이 있는 것도 아니고 물이 맑고 깨끗한 것도 아닌데 이 바닷가는 왜 이렇게나 낭만이 가득한 것일까.

아바나와 북쪽으로 맞닿아있는 해안가를 죽 감싸고 있는 것이 말레꼰 방파제. 아바나의 대표적인 명소로, 노을이 지면 아바나의 낡고 허물어진 듯한 오래된 건물과 방파제를 덮쳐오는 성난 파도가 어우러져 세기말 디스토피아적인 분위기를 자아낸다. 이 특유의 분위기는 이곳을 어디에도 없는 특별한 바닷가로 만들고.

오늘도 해질녘이 되어 말레꼰을 찾아 분위기에 젖는다. 부서지는 노을빛 받으며.

8.

〈모터사이클 다이어리〉라는 영화를 본 여행자들에게는 더욱 특별해지는, 체 게바라의 나라, 쿠바. 사실 체 게바라는 쿠바 사람이 아닌 아르헨티나 사람이다. 젊은 시절, 친구와 함께 오토바이로 남미여행을 하다가 집권 세력에 고통받는 이들의 모습에 충격을 받고 혁명가의 길을 택했다고 한다. 혁명에의 투지를 불태운 곳이 쿠바였고, 그 이야기를 담은 영화가 바로 〈모터사이클 다이어리〉다.

오늘도 그의 얼굴을 그냥 지나칠 수는 없어 기념사진을 남겨본다.

> *"인간은 항상 자신을 경계하여 탐욕의 함정으로부터 스스로를 지켜야 한다고 그는 믿었다. 그는 사람들을 사랑하기 위해 물건을 경멸했다. 그는 소유와 존재가 같은 것을 의미하는 세상을 이상이라고 생각했다. 그는 아무것도 자신의 것으로 하지 않았고, 아무것도 요구하지 않았다. 그는 삶이란 자신을 주는 것이라고 생각했고, 자신을 기꺼이 내주었다."*
>
> *–《불의 기억》 중*

9.

골목의 병원 마크에서도 느껴지는 쿠바스러움에 감탄하곤 했다. 예술은 생활의 어려움 속에서도 이렇게 피어난다. 아름다움과 고난은 그 사이가 멀지 않다.

누군가가 겪어낸 고난의 정도가 곧 그 사람이 가진 아름다움과 힘의 척도. 쿠바 예술의 힘 있는 아름다움 또한 지난 과거의 아픔이 있기 때문일 터. 그럼에도 불구하고 피어난 예술은 더욱이 찬란하다. 그것을 보며, 지금의 나를 빚어낸, 지난 날 내게 고통을 선사한 모든 것에 감사하지 않은 감사를 표하는 바.

힘들고 척박한 환경에서 맺어진 열매가 더 달콤하듯, 온실 속의 관상화보다 황무지에서 피어난 들꽃이 더 아름답듯, 그 고난과 역경에도 불구하고 포기하지 않고 살아낸 그대가 아름다워.

모두가 각자의 삶에서 전투를 치르고 있는 고독한 투사라는 것을 생각하면, 모두에게 관대해지지 않을 수 없다. 멋지지 않은 이 없고 대단하지 않은 이 없으니.

살고자 하는 모든 것은 이토록 아름답고, 그리하여 오늘도 그대는 아름다울 수밖에. 창 밖의 꽃나무는 오늘도 눈이 부시다.

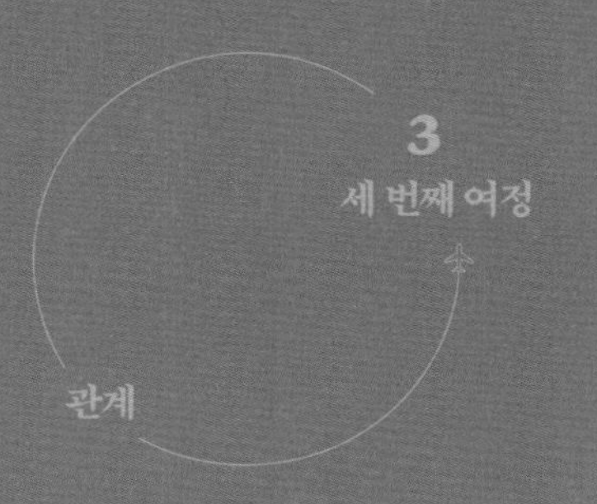

3
세 번째 여정

관계

또 사랑을 할 수 있을까?

MOTORSİKLET
GİREMEZ
KİTAP EVİ
BOOK STORE
POSTCARD
2 ND HANDBOOKS

사랑은 기어코

한 번도 말한 적 없었지만 처음 봤을 때부터 내 마음 안에 들였던 거야, 그대를. 세계여행이라는 긴 여정을 시작하자마자 연인이자 동행이 생겨 코가 꿰였다고 종종 농담을 하긴 했지만, 어쩌면 그 긴 여정을 함께 하기로 먼저 마음 먹었던 사람은 오히려 나였을지도.

사랑과 연애를 이야기하기 위해서, 이 여행에서 결코 빼놓을 수 없는 이야기를 조심스레 풀어보고자 한다.

여행에서 만나게 된 연인과 9개월을 함께 동행했다는 사실을 말하면 대개들 놀라곤 했다. 그 정도면 티가 났을 법도 한데 전혀 몰랐다면서. 글쎄, 부끄러워서였을까? 아니면 연애는 그저 연애일 뿐이라 생각하는 나의 회의적인 태도 혹은 치기 어린 자존심 때문이었을까. 돌이켜보면, 그때의 나는 24시간을 연인과 함께 하는 일상에서 나의 내밀한 글과 사진이 올라가는 플랫폼만큼은 온전히 나만의 영역으로 남겨두고 싶었던 것 같다. 물론, 한 치 앞을 알 수 없는 여행자의 내일을 감히 예단하고 싶지 않기도 했고.

처음 만났을 때 그는 이미 여행 7개월차였고, 우리는 티베트에 들어가기 위해 모집된 동행의 일원으로 서로를 만났다. 살아온 이야기를 들어보니 한국에서라면 겹칠 일이 전혀 없는, 내 삶의 반경 밖 사람이었다. 우리는 함께 티베트의 순례길을 걸었고, 이후 계속해서 서로가 서로의 동행이 되어 여행할 것을 결심했다.

벅차고 겨웠다. 갓 길을 떠난 자에게 내려진 축복 같아서. 여행이 내게 행복하라고 가져다 준 선물, 마음껏 사랑해보라며 세계가 선사한 기회. 힘든 시간을 어찌저찌 살아내고 터널 밖으로 나오니 마침내 커다란 행복이 그의 모습을 하고 기다리고 있던 것만 같은 내러티브. 그와의 사랑에 내가 가졌던 필연성은 이런 것이었다.

건강하고 아름다운 청년과 사랑을 한다는 것, 초여름의 햇살이 나뭇잎 사이로 산란하는 눈부신 날들을 지낸다는 것, 온갖 예쁘고 아름다운 단어들이 마음에서 쏟아져 나와 차마 문장이 되지 못하는 감상들. 아침에 일어나 아직 깨나지 않은 연인의 얼굴을 보는 것, 소꿉놀이 하듯 간소한 식사를 함께 준비하는 것, 함께 누워 영화를 보는 것과 같은 사소한 일과가 사소하지 않게 되는 기적. 생일날 아침상은 어떻게 준비할까, 크리스마스 아침에는 어떤 선물로 산타클로스가 되어줄까 고민하며 특별한 날도 함께하는 일상이 되는 기적.

별이 잘 드는 게스트하우스 정원 한 켠, 나무그늘 아래 자리 잡고 앉아 음악을 틀어놓으니 세상 부러울 것이 없길래, 이렇게 좋을 때는 뭘 하면 더 좋을까, 책을 읽을까, 일기를 끄적여볼까, 현재가 과거로 탈바꿈하는 이 아쉬운 순간의 바짓가랑이를 붙잡아 얄팍한 사진 몇 장에라도 묶어두어야 할까 고민하다, 결국은 곁에 있는 이의 눈을 한 번 더 바라보고 손을 한 번 더 잡아보는 그런 날들의 이어짐.

거기에는 시작부터 끝까지 후회 없이 사랑하자던 나의 다짐이 있었다. 주어진 시간 동안 아낌 없는 사랑을 쏟아야지 했던 마음. 누가 덜 사랑하고 더 사랑하는지 마음의 기울기 따위 재지 않고, 이후에 입게 될 생채기를 미리 두려워 않고, 최악의 경우도 최선의 경우도 점치지 않는, 그저 흐르는 대로 마음 두는 것. 그것이 내가 이 관계에서 후회 없을 수 있는 방법이자, 주어진 이 여행을 최고로 여행하는 것일 테니까.

왜 이렇게 예쁘냐며 불쑥 입을 맞춰오는 순간, 가슴이 떨리지 않을 수가 없잖아. 하루 종일 붙어 지낸 지가 벌써 몇 개월인데, 잠깐 외출하고 돌아온 그가 문을 열자마자 다급히 입 맞춰오면, 아무리 나라도 설레지 않을 재간이 있을 리가.

설명이 무의미한 연애, 표현이 무색한 사랑. 모두에게 모든 사랑이 특별하지 않을 수 있겠냐마는, 서로에게 있어 일생일대의 날들인 만큼 그 안에서의 사랑 또한 일생일대의 것일 수밖에.

항아리 케밥 굽는 연기가 마을에 하나둘씩 올라오는 해질녘, 분위기 좋은 좌식 테이블에 비스듬히 누워 앉아 내 무릎 베고 누운 그대 머리칼을 쓸어본다. 손가락 사이를 사르르 간질이는 머리카락이 내 마음까지 간질이면, 레스토랑에 울려 퍼지는 것은 사랑을 노래하는 달큰쌉쌀한 올드팝. 그 노래를 따라 흥얼거리다, 비스듬히 누운 해가 비추는 그대 옆얼굴을 본다. 잘 빚어진 그대 얼굴을 지는 해가 발갛게 물들인다. 그대는 알까, 그대의 존재가 풍경을 완성한다는 것을.

우리의 앞엔 매일같이 놀라운 풍경과 새로운 문화가 펼쳐졌고, 우리는 그렇게 펼쳐진 세계를 함께 만끽하기만 하면 되었다. 매일이 여행과 사랑, 사랑과 여행뿐이었던 날들. 살면서 상상도 망상도 해본 적 없었던 비현실적이고도 생생한 연애.

아무도 없는 피라미드를 함께 탐험하고, 티베트의 신성한 순례길을 함께 걸음하고, 파키스탄 카라코람 산맥의 깊은 산골짜기를 넘나들며 위태로운 텐트 안에서 서로의 체온에 기대 비박을 견뎌내던 그와 나의 모험. 알프스 산맥에선 제대로 장비도 없이 스노보드를 탄다고 애를 쓰고, 사하라 사막에서 샌드보드를 탈 때는 서로 빨리 달려보겠다고 아등바등 애를 쓰던 날들이 있었다. 어느 날에는 포카라의 호수 한가운데에 보트를 띄워 쓰던 중 퍼붓는 소나기를, 에라 모르겠다 함께 흠뻑 맞으며 한여름 오후의 자유를 만끽하던 그 순간, 모든 것이 완벽하다 말하던 그의 감상을 나는 감상했다.

여행이라기보다는 모험에 가까웠던 그날들은 나는 그가 아니었다면, 그는 내가 아니었다면 그 당시 누구와도 하지 못했을 그런 여행이었다고, 나 지금도 자부하는데.

너무 아름다운 것을 볼 때면 슬퍼지는 기분을 아는지. 이 순간이 영원하지 못하다는 것, 눈 앞의 것을 계속 붙잡아 둘 수 없다는 물리적인 한계에 느끼는 낭패감을 아는지. 세계는 하나만 주고 둘은 주지 않아서, 많은 아름다운 것들을 우리에게 주는 대신 시간이라는 속성에 담가진 것만을 주지. 일상적으로 마주하던 그대의 모습이 어느 날 가끔 너무 아름다울 때면 나는 눈물이 콱 나올 것만 같아서, 애써 이런 기분 지우려 그댈 보던 눈을 땅으로 내려 깔곤 했어. 이미 과거가 되고 있는 이 1분 1초의 시간에 무력한 채. 이런 기분, 그대는 결코 모르겠지.

사랑은 발생하려고만 하면 언제 어디서든, 어떤 물리적인 어려움이 있어도 발생하고야 만다. 사라지려는 사랑에는 그 어떤 노력을 퍼부어도 결국 사그라들고야 마는 것처럼.

지난 인연들은 나를 더 좋은 사람이게 하고

오랫동안 함께 여행해온 연인과 떨어져 지내는 첫날을 마주한다. 할 말도 많고 쓸 말도 많으나, 아직 채 잦아들지 않은 마음으로 내뱉는 말과 글이 꽤나 어지러울 듯싶어 오늘은 꾹 삼켜 참기로. 그저 사랑할 수 있는 사람을 사랑할 수 있는 때에 만나, 마음 가득 사랑 채우고 살 수 있었던 시절과 인연에 감사할 뿐. 붉고 거친 바닷가에는 이제 나만이 남았다. 한 달의 또 다른 다합 생활이 시작됐다. 지금까지의 여행을 합친 것보다도 더 긴 새로운 여정이 시작될 터였다.

9개월 간의 여행 후, 그는 모든 여정을 마치고 한국으로 돌아갔다. 다시 함께 하지 못할 수도 있음을 모르는 것은 아니었다. 현실은 지금까지와 다를 것이고, 다음을 약속한다는 것이 사실상 무색한 행위였음에도 불구하고 우리는 이후를 기약했다. 그렇지 않고선 당시를 견딜 수 없었을 테니까.

그를 한국으로 보내며 쉽게 울었다. 이렇게 가는 것이 과연 맞는 건지 모르겠다는 그의 등을 힘주어 떠밀었다. 나보다 훨씬 먼저 시작한 그의 여행이 잘 마무리 되기를, 오랜 여행 끝에 쇠약해진 그의 건강이 다시 잘 회복되기를 바랐다. 지금의 안녕이 끝이 아니라는 것을 머리로는 분명 알고 있음에도, 닿지 않게 툭하면 눈물이 터져 서럽게 우는 감정적인 마지막 며칠을 그의 곁에서 보냈다. 일찌감치 무언가를 예감이라도 한 듯이.

그를 보내던 날, 문밖에서 배웅을 마치고 방에 들어오자마자 아무 일도 없던 것처럼 눈물을 그쳤다. 그의 흔적이 방 안 도처에 산재해 있었다. 함께 마켓에 팔았던 더치 커피와 음식을 할 줄 모르는 나를 위해 만들어두고 간 반찬이 그득한 냉장고가 있는 이 방에서 한 달을 홀로 더 머물다 가기로 결심한 것은 나였다. 추운 날씨로 여태껏 시작 못했던 스쿠버 다이빙 코스를 밟고 떠나겠다는 여행자의 치기 어린 욕심이었다.

더 이상 느껴지지 않는 그의 온기 대신, 떠나는 버스 안에서 그가 보내오는 메시지를 보여주는 핸드폰을 머리맡에 둔 채로 잠을 청했다. 매일 함께 붙어 있었기에 그리 메시지를 주고 받을 일도 없던 관계, 그러나 이제는 이 조그만 화면이 보여주는 것에 마음을 기대어야 할 테지. 생각하면 심란했지만 눈을 감았다. 바로 다음날부터 매일 같이 다이빙이 시작될 터였다.

일과 후 얼마간의 음식으로 빈 속을 채우고 집으로 돌아가는 길, 배가 부름에도 여전히 무언가가 고파 또다른 먹을 것을 샀다. 이것으로는 채울 수 있을까, 아무래도 지금 고픈 것은 배가 아닌 것 같은데.

달이 유난히 밝은 밤, 수평선 가까이 뜬 달이 마치 바다에 빠질 것만 같이 아슬했다. 잔잔한 바다는 달빛 드리운 채 그저 조용히 거기에. 바람도 없는 이 달밤, 시끄러운 것은 마음뿐일까. 집으로 돌아가는 그 길은 낮이건 밤이건 적적했다. 인적이 드물어, 가끔 먹을 것을 챙겨주고 정 붙인 개 한 마리만이 반겨줄 뿐이었던 동네. 밤이면 가로등마저 뜸한 그 길을 걷다 밤바다 수평선 위에 간신히 걸린 뎅그런 달과 눈이 마주칠 때면 바스라지는 마음을 겨우 주워담아 집에 돌아오곤 했다. 그렇게 집에 들어가면, 당연히 있어야 할 사람이 당연하게도 없었다. 낮에는 매일같이 공기통 매고 바다 밑으로 들어가 아무렇지 않게 숨 쉬었는데, 밤이면 그리움에 잠겨 힘겨운 호흡을 이어가다 잠이 들었다.

괜찮지 않았지만 괜찮았다. 당장은 괴로울 것을 모르지 않았지만, 그렇다고 해서 언젠가 한 번은 겪어야 할 이 헤어짐을 더 이상 지연시키고 싶지 않았다. 애초에 홀로 여행하기로 결심했던 만큼, 내게도 이제는 혼자 하는 여행이 필요해지기 시작한 시점이었다.

우리는 어디에 고일지 모르는 여행자. 앞으로 다시 만나지 못하게 된다 하더라도, 실은 괜찮다고 말하고 싶었다. 함께 했던 날들이 서로의 마음에 남아 앞으로의 날들에 좋은 기운이 되어준다면 그것만으로도 서로가 서로에게 할 바를 다 한 것이니. 완벽히 아름다운 추억을 서로에게 선사한 경험이 앞으로의 삶을 더 풍요롭게 할 테지. 그러한 삶은 또 다른 사랑으로 우리를 이끌 것이다. 각자의 행복에 더는 서로가 존재하지 않는다 해도, 현재의 행복을 위해 과거의 인연이 필요했던 이유를 우리는 어느 날 문득 이해하게 될 것이다.

이렇게 생각하면, 다시 볼 수 없다 해도 끊어진 인연이 그리 슬프지만은 않다. 지난 인연들은 어떤 방식으로든 나를 더 좋은 사람으로 만들어왔다는 것을 알고 있기에.

바다 위로 해가 붉게 타올라 진다. 굳게 입을 다문 채 수평선을 본다. 아름답다는 말에 이 모든 것을 담을 수 없어 아름답다는 말을 하지 않는 편을 택한다. 이처럼, 사랑한다는 말에 내 모든 감정을 넣을 수 없어 나는 그대를 사랑한다 말 못하겠다.
나타낼 길 없는 마음은 그리운 곳 어딘가를 헤매고, 오늘도 말 대신 글을 수놓는다.

여행이 사람의 모습을 하고선

멀리 떨어진 이와의 관계를 이어가기란, 예상했지만 예상한 만큼 어렵고 가끔은 예상했던 바를 넘어서는 어려움이었다. 끊임 없이 마음의 밸런스를 잡아야 하는 일. 너무 보고 싶어 괴로워도 안 되고, 너무 무심해진 나머지 감정이 메말라서도 안 될 만큼 적당히 그리움을 조절해야 하는 일. 다 떨어져 얼마 남지 않은 땔감으로 최대한 오랜 시간 마음의 모닥불을 유지해야 하는 일.

만날 수 없으니 언제나 마음 한구석은 바싹 마른 채 그러려니 지낼 수밖에. 당장에 해소될 수 없는 가뭄이기에 나는 기우제를 지내지 않는다. 지구 반대편 그리운 그곳에선 오늘밤 유성우가 내렸다 하는데, 쏟아진 별비가 홀로 서울에 있을 그의 마음을 조금이나마 적셔주었을지.

어쩔 수 없이 스마트폰의 메시지 위주로 이어나가는 그와의 관계가 당연히 조금은 지난하고, 표면적이고, 텅 빈 것처럼 느껴질 때도 있다. 예전의 나였다면 당연히 다시 만날 때까지 연락하는 일은 없었을 것이다. 장거리 연애 같은 부자연스러운 관계에 뛰어드는 일 따위는 없었을 것이다. 나는 확실하지 않은 것에 대한 노력을 피하고 싶어하는 사람이니까.

여전히 두렵고 조금은 무섭다. 그럼에도 나는 노력해보려 한다. 그와 나의 관계를 지속해 나가는 이러한 방식이 때로는 피상적이고 의무적인 습관처럼 느껴진다 해도, 그것이 이 관계에 대한 신의와 신뢰를 표하는 길이라면 기꺼이 계속해볼 것이다. 설령 그 길의 끝에서 나 홀로 남겨진다고 해도.

내가 어떻게 그대를 사랑하지 않을 수 있겠어요. 함께 느꼈던 햇빛, 하늘, 바다, 그대와 함께 공유했던 이국의 공기를 기억해요. 나의 이 특별한 여정을 함께 공유하고 있는 사람이 지구상에 딱 한 명 있어요. 내가 어떻게 당신을, 계속해서 사랑하지 않을 수 있겠어요.

연인 관계에서 마음의 기울기를 받아들이지 못해 쩔쩔 매던 연애는 이미 어린 시절에 졸업한 것이었다. 나는 그저, 연애 이상으로 고민해야 할 것들 또한 함께 품고 있기에 내 감정과 생각의 자원을 지나치게 연애에 소진하고 싶지 않을 뿐. 그러니까 이제 나는 이 여행을 온전히 내게 집중하는 시간으로 하고자 한다. 이렇게 관계에 있어 독립적임을 넘어서 때로는 이기적이었던 나의 성향이, 가끔은 연락이 뜸했던 내가, 아이슬란드에서의 40일만큼은 철저히 홀로 되고자 연락하지 않을 것을 부탁했던 내가, 그는 정말 괜찮았을까.

어쩌면 그에게 있어 나라는 사람을 사랑한다는 것은 그가 지켜온 가치관과 신념을 약간은 타협해야 하는 일이었을까. 전통적인 가치관의 극대립점에 위치한 내가 사회에 냉소적이고 회의적인 시선을 보낼 때면 어쩔 수 없는 거리감을 느껴야 하는 일이었을까. 사랑을 위한 약간의 희생과 포기도 용납하지 못하는 사람을 만나 조금은 스트레스를 느껴야 하는 것이었을까. 우리의 사랑이 내게는 잔잔한 호수처럼 안정적이고 무해한 것이었다면 그에게는 바다의 폭풍우와 같이 강렬하여 때로는 위협적인 것이었을까.

지나치게 뜨거이 사랑했다는 그의 마음. 그래서 가끔은 저 혼자서 관계를 붙들고 있는 것 같았다던 그의 고민을 왜 나는 모든 것이 끝나고서야 알았을까. 단 한 번도 제대로 싸워본 적 없었던 그와 나의 사이는 실로 건강한 관계가 아니라, 서로 솔직하지 못한 관계라는 신호에 불과했을까.

매일같이 낯선 도시를 떠돌던 그때 그 어느 날 밤엔가는 꿈에 네가 나왔다. 날 보며 해사하게 웃는 그 모습이 정말 눈부시게 아름다워, 그 무고하게 활짝 웃는 얼굴을 보기 위해서라도 나는 너를 평생 사랑할 수 있겠다고 생각했는데.

본래의 계획과 목표를 완수한답시고 한국 한 번 들리지 않고 고집스럽게 홀로 여행을 계속하다 돌아오니, 1년이 넘는 시간의 간격이 그와 나 사이에 놓여 있었다. 돌아가는 비행기에 오르기 직전까지 연락을 주고받았음에도, 막상 공항으로 마중 나온 그를 마주하니 상상했던 기분과 다르게 어색하기만 하여 잡힌 손을 자꾸 빼내기를 몇 번.

봄이 왔음에도 두터운 외투를 입어야 했던 서울. 얼음장 같던 얼마간의 시간을 보내다 결국 그의 입에서 이별이 토해졌을 때, 왠지 울어야 할 것 같은 마음에 눈물을 짜보아도 같잖게 콧물만 훌쩍거리던 것이 기억난다. 속은 쓰린데 슬프지를 못해서 헤어지고도 한 번을 울지 않았다. 아마 그를 보냈던 1년 전, 그때 나는 이미 다 슬펐던 거겠지. 그것이 사실상 우리의 헤어짐이었다는 것을, 그때 그 다합에서 이미 알기라도 했듯이.

그것은 이미 했던 이별의 이별. 우리는 그저 재확인이 필요했던 것일 뿐.

언제나 그렇듯, 사랑은 머물러 있을 땐 눈속임이지만 지나고 나면 냉혹한 진실을 보여준다. 우리 모두가 한때는 서로에게 대체 불가능할 것 같아도, 그도, 나도, 여행을 해본 사람들이라면 특히나 더 잘 알고 있을 사실, 이 땅에는 60억의 인구가 있고, 서로가 서로에게 아무리 특별해 봤자 결국 그 특별함은 60억분의 1정도인 것을. 하여 이전의 사랑에서도 그러했듯, 나는 어김없이 또 잘 이겨내고는 그와 헤어진 이후에도 매번 이런 사람 또 있을까 싶은 사람을 만나 연애를 했다. 멋있고 아름다운 사람들을 만나 소중한 날들을 함께 보냈다. 연애할 사람은 많고, 나는 사랑이 많은 사람이니까.

그러다 보니 이제는 알 것 같다. 그렇게 초현실적인 사랑을 오래간 함께 나눴던 그였음에도 결단코 말할 수 있는 사실은, 내가 그를 일상에서 만났더라면 그리 사랑하지 못했을 거라는 것. 그에게 여행이 더해진 것이었기에, 그래, 어쩌면 나는 그가 아닌 그에게 덧씌워진 여행을 사랑했는지도 모른다. 여행이 사람의 모습을 하고선 나와 사랑했을까.

그러니, 결국 처음에 생각했던 바가 맞았을 것이다. 그 사랑은 여행이 내게 어디 한번 마음껏 행복해 보라고 내려준 선물. 길을 떠난 자에게 내려준 축복. 나는 여행이라는 이름의 그와 사랑을 했다. 그 또한 이와 마찬가지였을 거라 생각하면, 서울에서 다시 만난 그와 나의 관계가 잘 되지 않았던 이유를 이제는 알 것도 같다.

삶이라는 여행. 고로 우리의 그 사랑과 여행은 여행 도중의 여행.

서로에게 여행이 되어주었던 관계. 한때 서로 사랑했던 사람이라는 것이 후회스럽지 않도록, 우리는 계속해서 멋있는 모습으로 각자의 삶을 살아나갈 테지. 서로에게 선사했던 그 여행이 마음에 심어놓은 씨앗, 잘 틔워 각자의 열매를 맺는 삶을 살아가겠지. 언제나 서로를 응원한다는 말도 서로를 여전히 의식할 때에나 가능한 말이라는 것을 몇 번의 헤어짐 끝에 알았기에, 그저 이 정도면 충분한 여행이었다 맺음하려 한다. 또 한 번의 후회 없는 여정이었다고.

스스로가 주어이자 목적어

남미 대륙의 끝, 파타고니아. 엘 칼라파테 공항에 내려 바깥으로 바라다보이는 풍경이 어딘지 모르게 익숙하다. 너른 벌판, 완만한 능선, 에메랄드 물빛, 키 작은 덤불들이 극지방에 가까이 도달했다는 것을 알린다. 뜨거움과 따사로움의 중간쯤인 듯한 햇빛과, 딱 그 반대편 정도의 차가움을 띄는 공기. 뜨겁고 찬 것을 동시에 느낄 수 있는, 지구의 아래위 끄트머리 가까이에서만 경험할 수 있는 이 생경한 여름을 다시 감각한다. 한밤중에도 저물지 않는 해는 아이슬란드를 떠올리게 했고, 만년설로부터 흘러내려오는 퇴적물은 북인도와 파키스탄을 떠올리게 했다. 내가 좋아하는 지리적 특성이 모두 모여있는 곳이라는 뜻이다.

오직 트레킹을 목적으로 파타고니아를 찾은 내게 이곳에서의 첫 번째 산행지는 바로 소문난 미봉, 피츠로이가 되었다. 오랜만에 설산 한가운데로 들어와 깨끗한 공기로 폐를 헹구고 여과 없이 내리 꽂히는 햇빛 아래 별 수 없이 얼굴을 그대로 드러낸 채 풍경을 즐기는 것도 잠시, 봉우리에 가까워질수록 거센 바람에 몸이 몇 미터씩 밀렸다. 이것이 바로 파타고니아가 바람의 땅이라 불리는 이유. 쓰고 온 모자는 일찌감치 어딘가로 날아가 버렸고, 정상 부근에서 봉우리를 전망하며 여유지게 놀다 오겠다는 계획도 이 바람에 산산이 흩어졌다.

고대하던 미봉을 눈으로 봤는지 코로 봤는지도 모르게 바람에 쫓겨 내려왔지만, 그 바람 덕분에 의도치 않게 멋있는 사진이 탄생했다. 바람을 피해 아래 쪽으로 내려와 쉬던 호숫가에서 반짝이던 수면을 눈으로 훑다 보면 시선 끝에 걸리는 것이 있었는데 그것이 피츠로이 봉우리였던 천천한 시간도 좋았다.

여행은 예측불허의 연속이자, 전화위복과 새옹지마를 일상으로 겪는 일. 하여 모든 상황을 컨트롤하려는 의도를 갖지 않는 것이야말로 여행자로서의 마음가짐이자 미덕일 것이다. 사려던 기차표가 매진되었다고 해서, 넘으려던 국경이 막혔다고 해서 짜증과 고집을 부리고 있어봤자 저해되는 것은 본인의

여행일 뿐. 통제 범위를 벗어나는 문제에 대해서는 통제하고자 하는 의도와 능력을 재빨리 거두는 것이야말로 어렸을 때부터 여행하며 체득한 인생이라는 여행을 사는 자세. 그리고 이렇게 배운 자세가 어쩌면 타인과 나를 대하는 근본적인 시각을 바꿔놓았는지도 모르겠다.

내가 어떻게 할 수 있는 문제가 아닌 것을 어떻게 해보려는 데서 모든 비극은 시작된다. 타인의 기준은 결국 내가 알 수도 없고 컨트롤 할 수도 없는 세계. 다른 사람의 관심과 사랑을 얻기 위해, 혹은 유지하기 위해 예측할 수 없는 것들 사이에서 그간 얼마나 버둥거렸던가. 20년간 전업주부로 살다가 혼자 두 아이를 키우기 위해 경제 활동을 시작해야 했던 엄마를 보며, 스물한 살에 한참 연상의 연인을 만나 오래 연애했을 때 겪었던 의존적인 관계를 거쳐오며 타인의 감정, 타인의 경제적 능력에 기대어 얻는 행복은 온전한 내 행복이 아님을 알았다. 타인에 의해 주어진 것은 타인에 의해 언제 사라질지 모르는 것이기에 불안을 내포할 수밖에 없는 성질의 것이었다.

반면 내가 번 돈으로 산 목걸이, 내가 열심히 해서 이뤄낸 성취와 같은 것들은 갑자기 왔다가 사라지거나, 언제 다시 올지 모른다거나 하는 갈등을 빚는 법이 없었다. '너무 좋은데, 너무 좋아서 불안해'라는 말은 그 행복의 상당 부분이 내가 기여하지 않은 경우에 해당되는 말임을, 이후에 스스로 가진 행복의 견고함을 느꼈을 때 깨달았다. 오직 내가 스스로 만들어낸 행복만이 내가 스스로 통제할 수 있는 행복임을, 이렇게 경험적으로 배웠다. 행복은 외부에서 찾는 것이 아니라 스스로 선사하는 것임을 깨닫는 것에서 나의 행복은 시작되었다.

파타고니아까지 이르게 된 여정 또한 내가 스스로에게 선사한 모험. 엊그제 크리스마스에는 토레스 델 파이네 국립공원의 W코스 트레킹을 나에게 선물했다. 3박 4일간 산길을 함께 한 마음결 고운 동행은 감사하게도 산장에서 열린 크리스마스 디너 뷔페 식사에 나를 대동해 주었다. 덕분에 잘 먹고 잘 쉬고 다음날 힘차게 올라 마주한 토레스 델 파이네의 웅장한 삼봉은 내가 스스로에게 선사한 잊을 수 없는 크리스마스 선물이 되었다.

행복할 권리는 이미 내게 주어져 있었다. 그저 누리기만 하면 되는 것.

내 삶의 안정적인 행복을 위해 나의 행복은 내게 기반한 것이어야 했다. 그러기 위해서 필수적인 것이 건강한 자존감이었고, 또한 반대로 건강한 자존감을 갖기 위해 충족되어야 하는 것이 자발적 행복이었다. 스스로 오롯이 행복한 사람이 되는 것.

나의 자존감과 자발적 행복에 있어서, 궁극적으로 내 스스로가 내 기준에 걸맞는 사람으로서 자신을 만족시킬 수 있는지가 제일 중요했다. 내게 있어 그 기준을 점검해보는 것은 경제적 능력, 사회적 지위나 외적인 요소만을 생각해 보는 것이 아니라, 내 자신이 스스로에게 있어 떳떳하고 멋있는 사람인가에 대해 끊임없는 자문하는 것이었다. 매사 정의롭고 솔직하게 행동하는 것, 다른 사람들과 따뜻한 마음을 나눌 수 있는 사람이 되는 것, 다양한 경험으로 나의 세계를 채우며 취향을 발견해 나가는 것, 사유와 성찰을 게을리하지 않으며 개인과 사회에 관심을 갖는 것 등. 결과적으로, 이는 자연스럽게 나를 더 좋은 사람으로 갈고 닦게 하는 것이었다.

> *그는 동물의 왕국에 나온 암사자를 보고 나를 떠올렸다고 했다. 나는 고양이보다 더 마음에 든다 했다.*

행복과 자존감에 대한 나의 태도는 자연스럽게 사랑과 연애에 대한 나의 태도를 변화시켰다. 연애는 기본적으로 타인에게 애정을 받고 애정을 주기도 하며 기쁨을 느끼는 것. 자기 자신에게 느끼는 만족감과 애정이 행복의 제 1원천인 사람에게 있어, 타인과 주고 받는 사랑은 2순위가 될 수밖에. 일, 취미, 자기계발 등을 포함해 나의 삶을 쌓아가는 것이 제일 우선이기에, 이로부터 남는 시간과 에너지가 있을 때에만 연애가 가능해졌다. 내 코가 석자일 때면 감정적인 여유가 없어 좋은 사람이 다가와도 '지금은 연애할 여유가 없다'는 말을 해야 했고, 이것이 참된 사실이었다.

연애와 데이트는 기본적으로 즐거운 시간을 갖는 것. 삶이라는 거대한 과제만으로도 고된 우리들에게 연애까지 어렵고 힘들 필요가 있을까. 내 삶에 있어 연애란, 고3 수험생의 수업 사이 사이 쉬는 시간 같은 것이 되었는데, 이러한 쉬는 시간이 자잘한 갈등과 다툼으로 채워진다면 그 시간을 가질 이유가 없는 것이었다. 그래서 함께하는 동안 부정적인 것을 최소화하고 즐겁고 긍정적인 정서로 채우다 보니, 본의 아니게 상대방으로 하여금 나와의 관계에 더 매력을 느끼게 하기도 했다. 딱히 상대방을 위했다기보다는 나 좋고 즐겁자고 한 행동임에도 '우린 퍼즐처럼 잘 맞는 것 같아' 혹은 '우리 그때 참 좋았잖아. 넌 아니야?'와 같은 말을 종종 들었다. 즐겁고 행복하자고 하는 연애이니, 그 목적에 충실한 연애만큼 관계에 있어 확실한 것도 없었다.

또한, 사랑과 연애의 끝을 잘 맺음하게 되었다. 온전히 내게서 비롯된 것이 아닌 행복의 한계를 인지하고 있기에 가능한 일이었다. 누군가로부터 관심과 사랑이 주어진다면 그에 깊이 감사는 하되 연연할 필요는 없는 것. 남녀간의 관계에 있어 영원은 없지만 그렇다고 한 사람의 인생에서 영영 끝인 것도 아니라는 것. 아닐 것 같아도, 아니길 바래도 연애는 재개된다. 연애감정이란 것이 사실상 생존과 번식을 위한 호르몬 작용이라, 원하지 않아도 우리의 몸이 충실히 살아가고자 하는 일관된 목적을 가진 유기체인 이상 연애감정은 다시 발생할 수밖에 없다. 그리고 스스로에 대한 확신으로 빛나는 사람은 매혹적이기 마련. 고로, 다른 사랑이 찾아오지 않을까 걱정할 필요도 없다. 그대가 사랑할 사람도, 그대를 사랑할 사람도 이 세상엔 얼마든지 있으니.

행복의 통제권을 내 손에 넣었을 때 비로소 수월해지고 자유로워졌다. 사랑 또한 마찬가지. 연애를 하면서 행복하다면 그것은 사랑을 받기 때문만은 아닐 것이다. 사랑도 내가 사랑하는 사람에게서 받아야 기쁜 것이니, 결국 내가 '하는' 사랑에서 받는 사랑의 기쁨이 파생되는 것. 이것을 인식하면서 변화는 일었다.

사랑을 받아서 손에 쥐는 것이 아니라, 처음부터 사랑을 손에 쥔 사람이 되는 것. 사랑이 받아내야 하는 것이 아니라 주어야 하는 것이 될 때, 사랑에 대한 통제권은 그대 손아귀에 쥐어질 것이고, 그 사랑으로 더욱 자유로운 동시에 강해질 것이다.

자신을 목적어로만 두지 말고 주어에도 놓아주길. 사랑 받기 위해 애쓰는 사람이 되지 않고, 스스로가 주어이자 목적어인 삶을 살아가는 우리가 되길.

많은 어려움과 시행착오를 거쳐 오늘날의 나는 혼자서도 스스로 행복할 수 있는 힘을 지녔다. 웬만한 일에는 흔들리지 않고 계속해서 행복할 수 있는 힘을, 나아가 다른 사람들과도 이 행복을 나눌 수 있는 힘을. 사자 무리에서 사냥을 담당하는 것은 암사자라 했다. 누군가의 말처럼, 나는 마치 한 마리의 암사자가 되어 나와 내 사람들에게 행복을 양껏 잡아다 먹이고 싶다.

여행을 떠난 지 벌써 1년 반. 앞으로의 남은 여행, 그리고 여행 이후 새로 시작될 일상 또한 파타고니아에서의 빛나는 오늘과 같을 거라 믿어 의심치 않는다. 나의 이 모든 확신은 의무이자 당위이며, 스스로에 대한 긍정의 표시이다.

4
네 번째 여정

나 · 세계 · 우주

내가 존재하는 이 세계는 어떤 곳일까?

1
Story

✈ Reykjavik, Iceland 레이캬비크, 아이슬란드

백야

파리를 떠나 새벽 두 시쯤이 되어서야 호스텔에 도착했다. 지금이 새벽 두 시라는 사실은 핸드폰 액정의 숫자만이 이를 증명할 뿐, 암막커튼 새로 파고드는 빛이 밖은 여전히 해의 여운이 남은 여름날의 저녁 여섯 시를 떠올리게 한다. *백야*. 한동안 어두운 밤을 겪지 못할 것이다. 빛에 민감한 몸이 오늘밤 잠에 들 수는 있으려나. 채 지지 못한 해가 다시 뜨기까지는 한 시간도 남지 않았다.

해가 지지 않는 이곳에선 여행하는 이들도, 조금 느지막이 마실 나온 동네 주민들도 날이 어두워지는 것을 걱정할 필요가 없다. 밤의 그림자가 희미한 이곳에선 홀로 걷는 나 같은 이도 자정이 가까운 시간에도 걱정 없이 곳곳을 배회할 수 있다.

툭하면 고등학교 시절 중간고사 전날로 돌아가 벼락치기 공부를 하며 전전긍긍하는 꿈을 꿀 정도로 시간에 가난한 내게, 좀체 각도를 달리하지 않는 이곳의 해는 묘한 안정감을 준다. 숫자로 대변되는 성취를 좇느라 시간이라는 숫자에 쫓겨야 했던 나와 같은 이들에게, 속도감 없이 머물러만 있는 이곳의 시간은 시간 같지 않은 느낌.

아이슬란드의 수도, 레이캬비크. 인공미 가득 깔끔하게 빠진 도로 너머로 보이는 것은 사람의 발길이 범접할 수 없듯 보이는 원시적인 자연. 상반되는 두 느낌이 이렇게나 조화롭게 어우러지는 도시를 둘러본다. 저 멀리 신화스러운 모습의 산과 바다를 바라보다, 고개를 들어 흡사 우주선의 모양을 한 성당을 올려다본다. 불가능해 보이는 공존을 목격한다. 성당 내 쇠파이프 오르간에서 흘러나오는 끝없는 아르페지오 선율조차 이 지구의 것이 아닌 것 같은 소리. 여기가 현재인지, 미래인지, 아니면 외계인지 알 수 없게 하는 이 도시의 기묘함이 마음에 든다.

하루 종일 이곳 저곳을 둘러보고 저녁이 된 지금, 내게 와 닿는 빛은 여전히 한낮의 것처럼 쌩쌩하다. 그 빛을 느끼며 태양의 기울어짐을 생각하다 문득 궁금해진다. 생각의 속도와 빛의 속도 중 더 빠른 것은 무엇일까.

파리를 떠나던 밤 비행기 안, 창밖너머 내려다보이는 도시의 불빛이 꼭 은하수 같았다. 땅과 하늘은 서로 닮았다. 사람 사는 모습이 이렇게 우주를 닮았다. 어디선가 봤던, 현미경으로 극도로 확대한 체세포 사진이 허블 망원경을 통해 본 은하의 모습을 닮았던 것이 떠올랐다. 어쩌면 세상의 모든 양극단의 것들은 양쪽 끝에 위치한 것이 아니라 뫼비우스의 띠처럼 연결된 모양새를 하고 있는지도 모른다. 그래서 우리는 가끔 미물에서도 우주의 이치를 느끼고, 스스로 미물임에도 티끌만한 이성으로 우주를 인식하며 사고하는지도.

시공간은 사실 평평하지 않고 울퉁불퉁해 호두를 닮았다고 한다. 우리의 뇌를 닮은 호두를 시공간이 닮았다. 연결성은 이렇게 도처에 있다.

내게 끝없는 영감의 원천은 '시간'이었다. 시간이 흐르는 우주적인 현상을 산다는 것, 시간이라는 속성으로 인한 수많은 현상만큼 내게 흥미로운 것은 없었다.

멈추었으면 하는 황홀한 순간은 손가락 사이로 모래가 빠져나가듯 금세 흩어져 버리고, 빨리 지나갔으면 하는 시간은 그 1분 1초의 결을 느낄 수 있을 만치로 천천했다. 반면, 끝나지 않을 것만 같은 괴로움도 언젠가는 끝이 났고, 다시 오지 않을 것만 같은 시간도 순환하는 자연과 인간사에 힘입어 비슷하게나마 또다시 찾아왔다.

살아 겪는 모든 것이 시간으로 인한 것. 우리는 시간의 흐름 속에 있기에, 과거에는 절대 알 수 없던 것이 시간이 지나고 나면 제일 알기 쉬운 것이 되기도 했다. 가령, 내가 지금 절대적으로 알 수 없는 것은 내일 일어날 일. 하지만 이것은 내일이 되면 세상에서 가장 알기 쉬운 것이 된다.

빛나는 해를 뒤로 하고 조금도 흐르지 않은 듯한 하루를 애써 마무리하려 호스텔로 향한다. 멈춰있는 것 같아도 흐르고, 흐르는 것 같아도 멈춰있는 듯한 이곳에서 시간에 대한 상념은 끊이질 않고.

지나간 모든 것들에 대한, 그리고 앞으로 지나갈 모든 것들에 대한 막연한 그리움이 인다. 내게 주어진 이 선물 같은 시간 속에서, 나는 살아가는 내내 그리워하며 추억할 것들을 얼마나 많이 만들어가게 될까. 그만큼 이 시간이 가진 무게가 가끔은 짙게 드리워질 때가 있다.

그리워해야 하는 것이 슬프지만은 않고, 그리워할 대상이 있다는 것에 감사하다던 누군가가 떠오르는 이 저녁. 오늘도 책임감 있게 행복해야겠다는 생각으로 하루를 마무리한다.

지구가 되어본다

내가 나의 세계를 가장 잘 표현할 수 있는 수단은 말과 글. 함축의 미학을 잘 구현하지 못하는 나는 구구절절 설명해야만 그나마 뜻하는 바를 온전히 전달할 수 있을까 말까여서, 자신의 세계를 사진 한 장, 그림 한 점으로 표현하는 이들을 보면 부러움이 일었다.

최초의 글을 쓴 것은 네 살 무렵 일기장에 끄적여 내려간 것이었다. 그 시절 자주 일기를 썼던 엄마 옆에 똑같이 배를 깔고 엎드려서는 엄마를 흉내 내어 아무 공책이나 펼쳐놓고 글씨를 써 내려가곤 했다. 얼마 지나지 않아 엄마가 일기장을 사주었고, 일기라는 개념을 몰랐던 나의 첫 일기는 내가 소망하는 것이 이루어지는 상상을 써 내려간 것이었다. 그 시절 침대를 갖고 싶었던 나는 부모님과 함께 가구점에 가서 침대를 구경하고 사왔다는 상상의 글을 썼다. 엄마는 내게 잘 썼다고 칭찬하고 나서, 그렇지만 일기는 오늘 했던 일, 즉 상상이 아닌 과거에 일어난 일을 써야 한다고 말해주었다. 일기는 상상이 아닌 과거에 대한 글임을 그때 알았다.

그럼에도 그 후 여전히 나의 일기에서 많은 비중을 차지하는 것은 미래와 상상에 대한 것들이었다. 매일같이 일기 검사를 받았던 초등학교를 졸업한 이후에는 특히 더욱. 불행이 지배적이었던 날들에 생각했던 비관적인 미래를, 잠시 햇살이 깃드는 날이면 바랐던 희망적인 미래를, 어림짐작으로 다른 차원의 세계와 우주를 들여다보는 상상을 일기에 기록하곤 했다.

상상은 나를 여행으로 인도했다. 어린 시절, 엄마가 마련해준 백과사전 전집과 《데굴데굴 세계여행》은 나의 상상력을 부추겨 더 넓은 세상을 바라보고 탐험을 열망케 했다. 상상하는 사람은 상상의 실현을 욕망하게 되는 걸까. 결국, 나는 이렇게 바라던 날들을 누린다. 나의 첫 일기가 상상의 산물이었다는 것은, 타고 태어난 기질을 생각해보면 자연스러운 것이었는지도.

글을 쓰는 것은 현실의 결핍을 상상으로 채우기 위함이기도 했지만, 반대로 계속해서 가득 차는 머릿속의 생각을 덜어내기 위함이기도 했다. 내가 처한 현실은 나로 하여금 계속해서 의문을 갖게 하는 것이었으니. 우리 가족은 왜 이럴까? 삶이란 것은 이렇게 누구에게나 난리통일까? 다들 이런 괴로움을 견디며 살아가는 걸까? 우리 반에서 제일 인기 있는 S도, 독서실 옆자리의 L도? 삶이 이다지도 괴로운 것이라면 이 모든 괴로움에도 불구하고 살아야 하는 이유는 무엇일까?

나의 불행이 나를 사유하게 했고, 끊임없이 답을 찾으려 애를 쓰게 했다. 그 나름의 합의점에 다다른 생각들이 모여 '나'라는 독자적인 세계를 형성한다. 나의 글은 그 세계의 산물.

이곳은 대체 어딜까. 하루하루 마주하는 풍경이 신화 속 전설 같았다.

지금껏 나의 주 표현수단이 되어온 말과 글은 이번 여행에서 여러 번 그 지위를 박탈당할 위기를 겪는다. 다채로운 감정, 마주한 각기 다른 아름다움을 글로 담아내는 데 한계를 느낀다. 천편일률적인 표현을 지양함에 따라 모든 곳을 '예쁘다' '너무 좋다'는 말로만 표현하지 않으려 애를 쓴다. 여행했던 많은 곳을 단순히 '예쁘다'고만 느낀 것이 아니므로 나의 글도 그렇게 쓰여지지 않기를 바라기에, 매번 노트북 화면에 흰 페이지를 띄울 때마다 마음이 어려워진다.

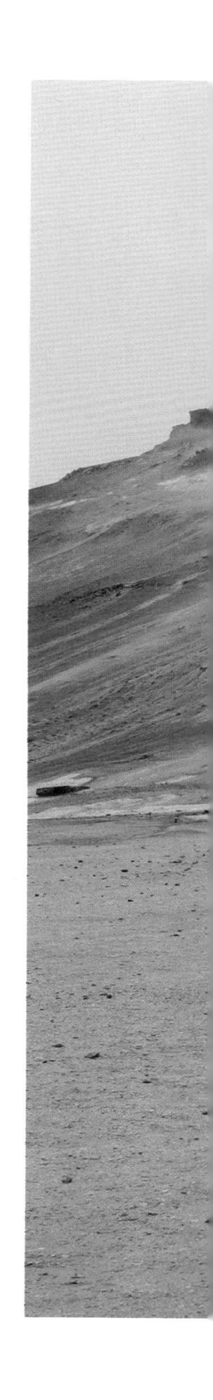

어떻게 표현할 수 있을까. 티베트에서는 영적인 고고함을, 북인도 라다크에서는 마음을 에이는 황량한 아름다움을 느꼈다. 프라하의 구시가지에서는 테마파크와 같은 아기자기함을, 파리의 에펠탑을 보면서는 그 기이하고 거대한 모습에 압도되는 것을 느꼈다. 그리고 여기 이곳은 '외계의 땅 위에 선 생경함' 정도로 표현할 수 있으려나.

감상이 언어적인 필터를 거치기 이전의, 피부로 느껴지는 날 것 그대로를 표현해내고 싶다. 허나 우리의 의식은 언어 위에 세워진 것이기에 불가능할 터. 나의 주 표현수단이었던 언어가 거추장스럽다. 여행의 초현실적인 풍경이 초언어적인 수단을 바라게 한다.

> *우리는 우리의 감정도 제대로 알지 못할 때가 많아 혼란스럽다. 수많은 신경 전달 물질과 호르몬이 복합적으로 만들어내는 현상인 감정을 슬픔, 기쁨, 행복 등의 짤막한 단어로 명명하기는 어렵다. 그리고 우리의 인식은 언어에 기반하기에, 이름 붙이지 못한 감정은 그저 알 수 없는 것이라 여길 수밖에.*
> *그래서 문장이, 글이 필요한 거겠지. 그 이름 없는 감정을 풀어보기 위해.*

이 크나큰 세상의 덩어리에서 무언가를 따로 떼어 구분하고자 그것에 이름을 지어 붙였을 것이다. 그렇게 세상에서 '산'이라는 개념이 떨어져 나오고, 산에서는 '나무'가 떨어져 나오고, 또 그 나무에서는 '나뭇가지' '나뭇잎' 등의 수많은 개념이 태어나겠지. 그렇게 생겨난 개념을 우리는 배우고, 그 개념대로 세상을 인지해 살아간다.

우리의 앞에 무언가가 있어도 이를 명명하는 단어가 없다면 우리는 그것을 볼 수 없을 것이다. 더 정확히는, 보아도 인식할 수 없을 것이다. 에스키모들이 지칭하는 눈의 수많은 모양과 질감을 우리는 느낄 수 없고, 색을 구분하는 단어가 현저히 적은 어느 부족의 사람들은 무지개를 3색으로밖에 볼 수 없는 것처럼.

그러니 언어가 생겨나기 이전, 즉 모든 것이 구분되기 이전이었다면 이 아름다운 세계와 나는 하나였겠구나. 나와 이 땅이 하나의 지구였으며 우주였겠구나.

그리 생각하면 황홀해진다. 나는 이 땅과 함께 한 덩어리의 아름다움을 이루고, 일그러진 나의 내면은 광대하고 장엄한 세계 어딘가로 스며 희석된다.

아름다워. 내가 바로 저 산이고 들이며, 바다와 빙하. 그렇게 물아일체의 느낌을 상상해본다. 지구가 되어본다.

우주에서
태어난 마음

밤이 되면 우주를 들여다보는 기분으로 별을 올려다봤다. 별이 나를 내려다보고 있다든가, 누군가의 마음이 별이 되어 빛난다든가 하는 생각으로 별을 바라본 적은 결코 없었다. 그 반짝이는 것을 볼 때면 내가 발 딛고 선 이 땅과는 괴리된, 전혀 무관한 세계를 올려다보는 기분이어서, 사람의 행동이나 감정을 갖다 붙여 느끼고 묘사하기란 무리였다.

별을 올려다본다는 것은 이 땅에 발 딛고서도 느낄 수 있는 우주적인 체험.

몇 억 광년을 달려온 빛이 내게 닿는다 생각하면 한 줄기의 미약한 빛마저도 간절하고 운명적인 것이 된다. 거쳐온 억겁의 시간을 생각하면 이렇게 먼 시공간을 거쳐와 닿는 빛이 어딘가 필연적이기까지 하여, 나는 놓치지 않으려 열심히 눈으로 하늘을 훑고 또 훑고.

도시에 사는 우리들에게 별빛은 이제 몇 억년을 달려와도 와 닿질 못하고, 우리는 대신 야경을 눈에 담는다. 인공적인 조명 장식과 고층 빌딩에서 새어 나오는 불빛을 감동 어린 눈으로 바라보며 사랑해 마지 않는다.

왜 우리는 빛나는 것들에 이리도 마음을 빼앗기는 걸까.

하늘에 떠 있는 해와 달과 별을 보던 것에서 그 마음이 태어났겠지. 그리 생각하면 뭔가 아득해진다.

우리가 느끼는 일상의 감정 또한 이렇게 다분히 우주적인 것을 깨닫는다.

시간의 용수철

우리는 시간이 선형적으로 흐르는 듯한 차원을 산다. 그래서 가끔은 궁금해진다. 흘러가면 돌아오지 않을 시간을 살게끔 되어 있으면서도, 왜 이 우주는 모든 것이 순환하는 모양새로 시간이 반복되는 것 같은 느낌을 주는지. 봄이 오면 여름이 오고 가을과 겨울 후에는 다시 봄이 오듯, 인간사 또한 계속해서 되풀이된다. 사랑은 같은 모양새로 다음 세대를 향해 내리사랑 되고, 매일같이 해가 뜸에도 매일같이 해가 진다.

해와 달과 별이 같은 자리에 위치하는 절기가 올해도 한 번 더 반복될 테고, 우리의 매일에서도 좋은 일과 나쁜 일, 슬픈 일이 작년과 같이 찾아올 것이다. 뼛속 깊이 스민 냉소를 아직 채 떨치지 못한 나는 올해엔 좋은 일만 생길 거라는 새해 인사를 건네지는 못하지만, 다가올 우리의 새로운 일 년이 더 이상 두렵지 않다고 말할 것이다. 또 다른 일 년을 살아야 하는 우리가 이제는 가엾지 않고, 펼쳐질 새로운 해가 더는 절망스럽지 않다. 어떤 일이든 이겨낼 스스로를 믿듯 그대를 믿는다. 살아 겪어온 날들이 당신 안에 아로새긴 인을 안다.

그리하여 다행스럽다. 우리가 살아가는 차원에서 시간이 흐르는 모양새가 용수철과 같음이. 한 방향으로 일정한 되풀이를 계속하며 나아가는 시간의 흐름. 반복되지 않고 변하기만 하는 새로운 환경에서라면 알아차리기 어려울 우리 마음 안팎의 어떤 미미한 변화와 나아짐을, 익숙한 패턴과 환경 속에서는 한층 더 쉽게 눈치챌 수 있게 되니까. 우리의 살아감이 최소한 제자리에서의 도돌이표는 아님을, 조금이나마 나아가고 나아진다는 것을 체감할 수 있게 되니까. 매년 새해가 되면 지난 일 년을 되새겨 보고 더 나은 자신을 위한 계획과 소망을 가지게 되는 것은, 매년 새해가 찾아오기 때문인 것이다.

이곳엔 뜨거운 해가 뜬다.

대개 잠에서 덜 깨어 추운 바람 맞으며 바라보는, 그래서 새해일출이라는 말에 서려 있는 그 졸리고 시린 감각이 이곳에선 없다. 이러면 나는 여행하고 있음을 실감한다. 어느 곳에선 계절의 구분이 무의미하고, 어느 곳에선 웃는 입 모양처럼 기울어진 초승달이 뜨고, 또 어느 곳에선 이렇게 뜨겁고 마른 기운의 새해 첫 해가 떠오른다. 그래서 계절, 달, 새해일출이라는 뜻의 같은 단어라 해도 그 단어에 깃든 정서는 곳곳에 따라 모두 다른 것이겠지. 우리 모두는 같은 것 같으면서도 이렇게나 다를 수밖에 없다는 것을, 그리하여 관용이 필요하다는 것을, 여행자는 이렇게 또 배우고 깨닫는다.

이렇게 계속해서 배워가다 보면 달라질 수 있지 않을까, 나아질 수도 있지 않을까. 사막에 떠오르는 뜨거운 해의 마른 열기를 쬐며 이 차가운 마음도 조금은 뜨거워지기를, 뜨거워진 마음으로 올해에는 더 많은 것들을 사랑할 수 있기를 바라며 입 안에 나지막이 새해 소망을 굴려본다.

사실은 어제와 같고 작년과 같은, 그 언젠가의 시렸던 일출 때와도 같은 항성에서 오늘은 조금 다른 온도를 느껴본다.

5 Story

커뮤니케이션이라는 환상

낯선 나라에서 낯선 이가 챙겨준 정성스런 아침식사. 이렇게 피 한 방울 안 섞인 생판 남이 나를 재워주고 먹여주고 살뜰히 보살펴주는 호의를 경험한다. 집 떠나 홀로 된 이에게 여행이 베푸는 사랑이 바로 이런 것일까. 철저히 혼자이기를 원해 길을 떠나온 자가 있다면, 아이러니하게도 길 위에서 낯선 이의 호의와 은혜를 입으며 철저히 혼자가 아님을 경험하게 될 것이다. 혼자이기를 원했건 원치 않았건 간에 여행은 이렇게 사람을 내어준다. 곳곳에 인연을 배치해 놓는다. 사람 사는 모양새를 들여다보고 겪는 것이 여행의 중요한 축인 만큼, 어쩌면 이렇게 긴 여행에서는 혼자가 되는 것이 오히려 더 어려운 일일지도.

생물학적으로 가장 가까운 사람이 살다 보면 남남이 되기도 하고, 한국에서라면 조금의 접점도 없었을 누군가가 여행을 통해 다시 없을 인연이 되기도 한다.

여행에서의 인연은 기본적으로 가능성과 한계를 동시에 품는다. 우리에게는 평소에 비해 턱없이 제한적인 시간만이 주어지고, 여기에 언어의 제약이 더해질 때도 있다. 동시에, 일상에서라면 절대 알 수 없을 상대방의 또 다른 일면을 발견하고 겪어볼 수 있는 무한한 가능성이 주어진다. 일반적인 관계에 비해 턱없이 짧은 시간, 그러나 그 전부를 함께 하는 인연. 언어가 다른 경우 완벽하지 않은 서로의 언어적 소통을 보완하기 위해 비언어적인 표현에 집중할 때면 상대방의 표정을, 눈빛을, 목소리의 억양 하나하나를 놓치지 않기 위해 서로를 구석구석 살핀다. 그럴 때면 느껴지는 관계의 또 다른 차원. 커뮤니케이션이라는 환상의 실재.

아프리카 한 작은 마을의 청년은 종교가 없다는 나를 도저히 이해할 수 없다는 표정을 지으며 도전적인 자세로 질문을 던지곤 했다. "그러면 너는 대체 이 세상이 어떻게 존재한다고 생각해?" 그는 자신이 세상을 바라보고 이해하는 방식 외에 다른 시각이 존재한다는 것을 받아들이지 못하는 듯했다. 내가 살아온 나름의 견고한 세계관을 열심히 설명해보려고도 했으나, 신의 존재를 전제하지 않고서는 생각을 전개할 수 없는 그를 도저히 이해시킬 자신이 없었다. 그에게 나는 색채를 모르는 선천적 색맹과 같았고, 나에게 그는 적막 외의 다른 소리는 들어본 적 없는 귀머거리와 같았다. 시도하면 할수록 그와 나의 근본적인 차이를 두드러지게 하는 것이 있었는데, 그것은 '대화'였다.

어려서부터 '대화를 통한 이해'의 불가능성을 종종 목격하며 자라왔던 내가 관계에 염세적이게 된 것은 자연스러운 결과였다. 많은 사람들이 어렸을 때는 타인과의 소통에 어려움을 잘 모르다가 성장하면서 다양한 사람들을 대하며 이 어려움을 겪게 되는데, 나의 경우는 반대였다. 대화를 통한 소통이 절대 통하지 않는 관계도 있다는 것을, 어렸을 때부터 가족간의 충돌에서 배웠다. 보고 겪은 가장 가까운 관계로부터 경험한 것이 단절이었기에 나의 모든 인간관계는 기본적으로 관계의 한계성을 인지한 상태에서 쌓아 올려진 것이었다.

어릴 적 내가 줄곧 사로잡혔던 생각은 과연 내가 보는 인간의 형상이 다른 사람에게도 인간의 형상으로 보일까 하는 것이었다. 내가 보는 빨간색이 다른 사람이 보는 빨간색과 미묘하게 다른 것처럼 어쩌면 내 친구는 인간의 모습을 비눗방울 덩어리가 뭉쳐진 형상으로 인식하고, 옆집 여자는 내가 전혀 상상할 수 없는 형태로 인간을 보고 있을지도 모를 일이었다. 만약 모든 이의 눈에 모든 것이 정확히 같게 보이는 세상이라면, 사람들끼리 같은 이야기를 하고 같은 것을 이해하는 것이 이토록 어려울 수는 없을 테니까.

커뮤니케이션이라는 환상. 우리가 각자의 몸을 갖고 태어난 이상 결코 서로를 완전히 이해할 수는 없을 것이다. 소통이라는 것은 각자의 세계를 바탕으로 전혀 다른 세계를 짐작하려 애쓰며 서로를 이해한다는 착각과 오해일지 모른다. 의식을 가능하게 하는 것은 그것을 담고 있는 육체, 육체가 존재함으로 존재하는 의식. 우리는 각자의 몸을 갖고 태어난 이상 필연적으로 겪을 수밖에 없는 비극을 안고 산다. 여기에서 태생적인 고독이 탄생한다.

선천적으로 색맹인 사람에게 색채를 설명하는 것과 같은 막막함.

그러나 세상은 내게도 공평했다. 초년기의 불운을 보상하기라도 하듯 삶은 내게 선천적으로 부족했던 자원인 사람을 다양한 방법으로 채워다 주었고, 여행은 그 수단 중 하나였다. 한국에서라면 마주칠 일이 전혀 없을 사람들을 자연스레 엮어주었고, 그 사람들을 통해 보고 듣는 세상은 여행만큼이나 폭넓은 것이었다. 이집트 다합에서 잠깐 스쳤던 친구와는 둘도 없는 자매가 되었고, 인도에서 만났던 교사 친구는 이 세계여행 중 두 번이나 나를 방문해 새로운 여행을 나누며 추억을 갱신했다. 여행으로 친구를, 연인을, 멘토를 얻었다. 인생에 마이너스가 있다면 플러스도 있어, 결국은 플러스 마이너스 제로의 상태로 수렴해 간다는 것을, 이렇게 사랑과 여행으로 사람을 잃고 얻으며 깨우쳤다.

신화, 종교, 사상, 데이터 등, 이 모든 것이 각 시대의 현실을 움직였던 그러나 눈에는 보이지 않는 개념들이었다. 현상의 우위에 있는 허구는 더 이상 허구가 아니고, 환상은 실재보다 더한 실재가 된다. 커뮤니케이션이라는 환상. 결국 삶을 이어가게 하는 것이 소통이라면, 이를 더 이상 신화 속 유니콘으로만 치부할 수는 없을 것이다. 여행이라는 비현실이 오늘날 나의 현실을 가능하게 하는 것처럼.

같은 여름의 해라도 이렇게 다르고, 같은 밤의 달도 이렇게나 다르다는 것을 보고 느낌으로서 우리들 각자의 세계 또한 무척이나 다를 수 있다는 것을 경험적으로 깨우친다. 그리하여 오늘 이렇게 나와 마주하고 있는 당신의 세계는 어떤 세계일까. 여행은 이해와 관용으로 이어진다.

홀로 떠난 여행에서조차 이렇게 선뜻 곁을 내어주는 누군가가 있고, 모두가 떠난 후에도 내내 곁을 지켜주는 누군가가 있다. 그대와 나 사이의 소통이 진정 소통이라 할 수 있는 것인지는 알 수 없지만, 서로를 완전히 이해하지 못해도 서로의 행복과 안녕을 진심으로 빌어줄 수 있음을 알기에 더 이상 관계에 허무를 느끼지 않는다.

푸른 바다를 보는 것, 밤하늘의 별과 달을 보는 것, 길가에 핀 들꽃을 보는 것처럼, 남녀노소 빈부귀천 없는 행복. 우리 모두를 관통하는 이러한 행복이 있다는 것에 나는 소통의 희망을 느낀다.

상냥하고 따뜻한 친구 덕분에 카이로에서 일주일 동안 호위호식 하다가 떠난다. 함께 지내던 일주일간, 그녀의 연인과의 이별부터 남동생의 급작스런 사고까지 많은 일을 함께 겪으며 긴밀한 우정을 나누게 된 우리였다.

그녀의 진심 어린 보살핌을 뒤로 하고 나는 봉사활동이 예정되어 있는 탄자니아 잔지바르로 향한다. 그곳에서 나는 또 어떤 새로운 관계와 여행을 겪게 될 것인지. 한 치 앞을 알 수 없는 인생이라는 여행, 여행이라는 인생이 계속되고 있는 중이다.

함께 누워 서로의 눈을 들여다보고 있을 때면 시간이 슬로모션처럼 흘렀다. 언어가 다른 만큼 서로의 비언어적인 의사 표현에 집중하느라, 만났던 그 어떤 상대보다 표정으로, 눈빛으로, 목소리의 억양으로 서로를 살폈다. 그래서였을까. 선명히 뇌리에 남은 것은 서로의 눈을 들여다보고 있던 그 순간에 흐르던 시간의 질감. 그 틈 없이 빽빽하고 밀도 있는 시간은 여태껏 경험한 적 없는 낯선 차원, 서로에게 선사한 시간의 표상.

생각했다. 이 순간만큼은 그대와 내가 어떤 다른 물리적인 차원으로 이어져 있을지도 모른다고. 이 세계에선 보이지 않지만 다른 차원에서는 눈에 보이게 분명한 어떤 것이 우리를 강하게 연결하고 있어, 그대와 나 사이에 지금 같은 것이 오가고 있다고. 그 고차원의 세계에서는 사람과 사람 사이의 관계라는 것이 어쩌면 환상이 아닌, 눈으로 보이고 손으로 만져지는 물리적인 실체를 가진 것일지도 모르겠다고. 가끔 이렇게 초월적인 소통을 경험하기도 했다.

오토바이를 타고 이렇게 빨리 달려도 밤하늘의 별은 태연자약이 쫓아온다. 나는 달리는 오토바이 위에, 이렇게 너의 뒤에 앉아선 움직이지 않는 별을 보며 모든 물리적 법칙이 무너진 세계를 상상한다. 그러면 저 밤하늘의 별도 바로 옆의 가로수처럼 우리를 스쳐갈 테고, 사방에서 거세게 불어와 흔드는 이 공기의 저항에서도 벗어날 수 있겠지.

그리고,

우리도 언제까지나 함께 할 수 있겠지. 만물의 작용에 정해진 이론이나 규칙이 없고, 현상은 현실을 초월하고, 모든 것이 해체되어 가로막는 그 어떤 것도 없는 다른 차원의 세계에서라면.

불가능한 관계는 불가능한 현실을 상상하게 하고 미래가 없을 현재의 순간은 오롯이 현재만 있음으로 영원해서, 나는 그저 네 등 뒤에 꼭 붙어 온기를 느끼며 밤하늘 아래를 달리는 이 감각에 집중한다. 찰나의 영원성, 불가능한 미래가 선사하는 완전한 현재에 온 신경을 집중해본다.

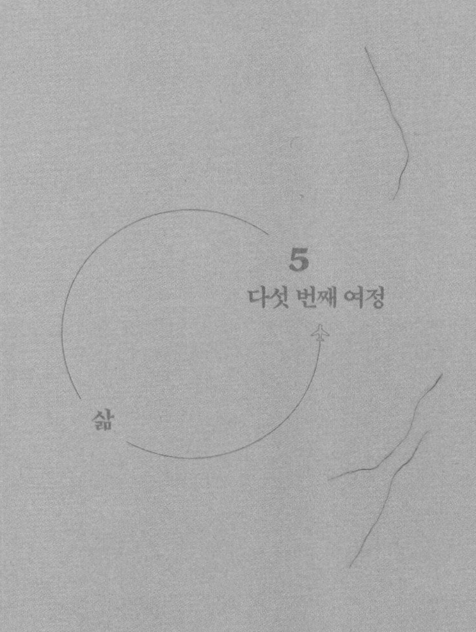

5
다섯 번째 여정

삶

잘 살아갈 수 있을까?

Check live traffic
conditions before
you travel
19
21

이토록 가벼운 생

휘몰아드는 구름의 기운이 불길하다 싶더니 이내 돌풍이 몰아친다. 비가 오려나. 잠깐 밖을 살펴보러 나갔다가 갑자기 밀려드는 바람에 걸음이 휘청인다. 옷을 여미고 들어와 바람이 끈덕지게 잡고 놓아주지 않는 현관문을 겨우 밀어 닫아 잠근다.

내가 여행한 나라 중 물가가 가장 비싼, 아마도 앞으로 여행할 나라 중에서도 가장 비쌀 이 나라를 여행하면서, 가끔 방 안에 틀어박혀 밖에 그림자도 내비치지 않을 때가 있다. 이따금 고개를 들어 창밖의 풍경을 보고 내가 있는 곳을 실감하는 것이 외부와의 상호작용의 전부. 숙박비 비싼 나라에서 시간 낭비하는 짓이라는 타박을 들을 수도 있겠지만 어쩔 도리 없는 일이다. 세상 밖으로 나온 여행자에게도 이따금씩 혼자 틀어박혀 아무것도 하지 않을 순간이 필요한 것을. 특히 복기하여 되새김질 해야 할 자극이 많은 여행지일수록 더 그렇다.

방으로 들어가기 전, 잠시 주방에 들러 습관처럼 'Free Food' 바스켓을 확인한다. 운 좋게 파스타 면과 토마토 소스 반 병, 계란 한 알을 획득한다. 이게 얼마만의 계란인지. 어제는 누군가가 놓아두고 간 치즈로 간만에 단백질을 섭취할 수 있었는데, 연일 운이 좋다. 이것들로 내일까지는 어느 정도 버틸 수 있을 것이다.

물가 비싸기로 소문난 아이슬란드. 호스텔마다 여행자들이 필요 없는 식료품을 놓아두고 갈 수 있게 바구니가 비치되어 있어, 나는 그 바구니 안의 것들로 연명할 수 있다. 이 한 몸의 생체 에너지를 유지하는 데에는 다행히 많은 음식이 필요치 않고, 이렇게 나눔 받은 식량 덕분에 비교적 적은 비용으로 이곳에서의 생활을 이어나갈 수 있다.

아무렇지 않게 차를 얻어 타고 음식을 빌어먹는 요즈음의 생활. 살아간다는 것이, 매일의 생을 유지해나가는 것이 이렇게나 별 것 아니다. 스스로를 먹이고 재워 살게 하는 것을 항상 짐스럽게 생각해왔던 내게, 이것은 가히 전환적인 경험.

철이 들고 나니, 나와 동생을 홀로 먹여 살리는 엄마를 바라보는 것은 삶의 본질을 목격하는 일이었다. 세 명분의 인생을 짊어진 한 여성의 고군분투는 나로 하여금 삶의 무게를 일찌감치 실감케 했다. 무언가를 달성하고 성취하는 거창한 삶이야 그렇다손 쳐도, 목숨을 부지한다는 가장 기본에 가까운 생(生)마저도 그냥 살아질 수 있는 것이 아니었다. 살아있는 이상 숨만 쉬고 있어도 우리는 무언가를 소비하는 유기체. 숨이 끊어지는 순간까지 무언가 계속 공급되어야만 하는 생의 물리적인 본질이야말로 나를 생에 질려버리게 하는 것이다. 이것은 행복해지는 것과는 또 다른 별개의 문제로, 그 누구도, 그 무엇도 이 삶의 무게를 덜어주지는 못할 것처럼 보였다.

할 수 있는 최선을 다해 본인의 심신 에너지와 시간을 얼마간의 돈과 맞바꾸어 연명하는 생활이 내가 경험한 삶의 전부였다. 이마저도 기회가 주어지지 않아 많은 사람들이 절망하는 상황 속에서, 평범하게 먹고 살기 위해 매일을 전쟁 치르듯 살아내야 하는 현실에서, 나는 항상 내 한 명분의 생조차 버거웠다. 고작 50kg정도 되는 한 유기체에게 지워진 '평생'의 무게는 대체 얼마쯤 될까. 큰일이 없다면 100세까지 이어질 내 수명의 세월은 억겁이었다.

하여 먹고 사는 문제는 항상 부담스러운 것일 수밖에. 거기에, 삶을 지속할 의지가 꺼지지 않도록 스스로를 어느 정도 행복하게 만들어주며 삶의 방향과 목표를 최대한 잃지 않는 방향으로 이 먹고 사는 문제를 해결하려 애쓰다 보면, 두렵고 막막해지는 것은 어쩔 수 없었다. 가족을 생산해 또 다른 누군가를 먹여 살린다는 것이.

살다 보니 절대 이해할 수 없을 듯한 것들을 이해하게 되기도 하고, 내겐 절대 해당하지 않을 것만 같은 일들이 바로 내 일이 되기도 했다. 나이를 먹는다는 것은 '나는 절대 ~하지 않을 거야' '나는 절대 ~할 일은 없을 거야' 같은 문장들이 인생에서 하나씩 사라지는 것일지도 모른다. 이러한 문장의 수는 내 나이와 반비례하여 줄어든다.

그리하여 오늘날 이곳에 이르러 또 하나의 문장이 사라진다. 생을 부지하는 것이 절대 쉽지 않다고 했던, 삶이란 마치 그리스 신화에서 끊임없이 산 위로 바다를 밀어 올려야 했던 시시포스의 형벌과도 같이 끝없는 과업이라 생각했던 나의 지난 날의 확신이.

그렇게 기울지 않을 것만 같던 이곳의 해도 여름을 지나며 꾸준히, 조금씩 기운다. 내가 경험한 나라 중 가장 물가가 비싼, 그리하여 생활의 무게 또한 가장 무거운 이곳에서 아무렇지 않게 연명하는 생활을 하다 보니, 들고 있는 생이 가벼워진다. 사람이 이렇게도 살아진다. 걱정했던 바와 달리 가득히 충만하고도 행복하게. 바쁜 도시, 바쁜 사람들 사이에서 거부할 수 없는 관성에 휩쓸려 수많은 업무와 데드라인에 매몰되어 잠시 잊고 있었을까. 없으면 없는 대로 어떻게든 살아진다는 것을 직접 경험하고, 필수라 생각했던 것들이 필수가 아니게 되면서 자유로워지는 이것은, 결국 내가 어린 시절 첫 배낭여행에서 깨우쳤던 그것의 연장선이었다.

배낭 매고 기약 없이 걷는 것, 엄지손가락을 들어올려 남의 차를 얻어 타는 것, 수용소 같은 도미토리 한구석에서 밤을 보내는 나의 생활이 누군가의 눈에는 그저 고생스러워 보이는 의미 없는 행위일지도 모른다. 그러나 스물두 살의 첫 배낭여행은 내게 알려주었다. 눈치 보지 않고 몸뚱아리 하나 편히 뉘일 곳

없어 보였던 서울 바닥과 달리, 열악하기는 해도 고작 몇천 원이면 마음 편하게 나의 밤을 풀어놓을 수 있는 곳이 세상에 이렇게 많다는 것을. 그때부터였을 것이다. 넓은 세상이 아늑하고 포근했다. 마치 세상이 그 넓은 품으로 품어주듯.

그렇게 생각하면 편안하지 않을 곳은 없었다. 인도나 네팔, 파키스탄 등을 여행하면서 사람들에게서 힘들지 않냐는 말을 많이 들었지만, 아무리 쾌적한 환경이라도 얼마든지 지옥 같을 수 있고, 고작 흙바닥에 돌벽뿐인 집이라 해도 천국 같을 수 있다는 것을 겪어 알게 된 이상, 내게 물리적인 환경은 변수가 되지 않았다. 내 마음으로 인한 것이 아니고서야 크게 힘들 일도, 흔들릴 일도 없는 것. 그래서일까. 일상의 형편, 생활의 편의와 같은 것들이 나를 힘들게 하지는 않는다. 오직, 내가 허락한 것만이 나를 힘들게 할 수 있다.

삶에 대한 내 지난날의 기우가 이곳에서 바람 한줌에 흩어진다.

따뜻한 코코아를 머그잔에 가득 타와선 책을 편다. 내일도 오늘과 같은 날들이 계속될 것이다. 나는 또 아무렇지 않게 이 세계에서 잘 지낼 터. 세계가 주는 안정감이 나를 포근히 안는다. 오늘도 근심 없이 책을 읽을 수 있음에 기쁘다.

> *오후 다섯 시의 비스듬한 해가 녹음을 비출 때면 나는 어김없이 울컥한다. 그 모든 것에도 불구하고 세상을 이토록 아름다워 보이게 하는 것은 정작, 다름 아닌 고작 햇빛.*
> *결국 그 어느 것도 필요치 않다는 사실이 이보다 더 자명하지 않을 수 없다.*

떠올리는 것만으로도 눈물이 그렁하게 차오르는 풍경이 있다. 언제나 마음 한구석에 맺혀있는 풍경. 나의 아이슬란드는 배고프고 고독했다. 자진해서 누구와도 연락하지 않고, 가끔은 너무 구질구질해서 서러웠던, 차를 얻어 타고 음식을 빌어먹고 사람과의 교류를 한정 지은 채 그저 내 속으로 한없이 들어갔던 시간들. 제일 어려웠을 수도 있는 그 길 위에서, 아이러니하게 삶은 더 쉬워지고 가벼워졌다.

아이슬란드에서의 여행이 끝났다. 스물한 번의 히치하이킹과 여섯 번의 버스 탑승, 열네 군데의 호스텔 숙박으로 이루어졌던 40일간의 여정을 마무리 짓는다. 숫자적인 여행 기록에는 통 관심이 없어 지금껏 몇 개국, 몇 개 도시를 여행했는지도 모르던 내가 이렇게 숫자로 아이슬란드 여행을 이야기한다는 것은, 그만큼 이 여정을 도전적이라 여겼다는 것일 터. 이 땅에서의 여정은 나의 개인적인 전설로 남을 것이다.

몇 번의 운 좋은 히치하이킹 후엔 한 시간이 넘도록 엄지손가락을 치켜들고 기다려야 하는 때가 왔었다. 며칠 간의 맑은 날이 계속되면 며칠 간의 흐린 날이 찾아오는 것이 반복되었고, 정처 없이 산 위를 헤매다가도 다음 날이면 숙소 밖으로 발 한번 내딛지 않았다. 길어진 여행의 패턴은 플러스와 마이너스의 향연, 결과적으로 0에 수렴하는 일상의 그것이었다.

Vintage 87

런던에는 멋진 빈티지숍과 마켓이 참 많다. 옛 물건들을 보며 그 시대의 감성을 느껴보는 것은 지금 내가 하고 있는 여행과는 또 다른 여행이 되기에 즐겁다. 가끔 형편에 맞는 멋진 물건을 발견해 큰 맘 먹고 사들일 때면 새것을 살 때보다 더 소중한 느낌이 들었다. 분명 누군가가 입던 옷이고 사용한 물건일 텐데도 오랜 세월 비교적 잘 관리되어 이렇게 매대에 진열되어 있는 것을 보면 알 수 없는 기품이 느껴졌다. 오랜 세월 아낌을 받은 물건은 이렇듯 훌륭한 가치로 다가온다. 스며든 손길에서 나오는 깊은 아우라.

보름간 와 있던 동생이 떠난 후 계속해서 몸 상태가 좋지 않았다. 떠나던 날, 동생은 빼곡히 쓴 편지를 건네고 갔다. 칼바람 불던 집에서 각자의 내상이 깊었던 탓에 서로를 이해하고 포용할 여력이 없어 그리 사이 좋은 남매가 아니었음에도, 동생은 이렇게 살가운 짓을 하곤 했다. 손에 든 편지를 쉽게 펼쳐 읽을 수 없었다. 저 혼자 행복해보겠다고 떠나 지내는 누나가 뭐 그리 애틋했는지 20대 중후반의 다 큰 사내녀석이 공항으로 가는 런던 지하철 안에서 찔찔 짜며 내 손에 밀어 넣고 간 것이었다. 봉투 안쪽에는 그냥 주면 내가 받지 않을 것을 알기에 끼워둔 돈이 있었다.

길거리에서 버스킹을 하는 밴드를 보고 음악이 좋다 말하면 CD를 사주려 해서 나를 당황시켰고, 뮤지컬 중간에 파는 아이스크림이 먹고 싶었지만 비싸서 한 번도 못 먹어봤다 하니 바로 '사줄게' 말하는 모습이 낯설었다. 평소 먹어보고 싶었지만 매일 지나치기만 했던 동네 맛집에 큰 맘 먹고 데려가니, 오히려 저가 사겠다며 '누나 먹고 싶은 거 다 시켜'를 호기롭게 외치기도 했다. 떨어져 있는 동안 나를 많이 이해하게 됐다는 동생은, 남남과도 같았던 우리 남매 사이에 낯선 달달함을 발라놓고 갔다.

집으로 돌아와 담담히 읽은 편지를 한 켠에 치워두고 허기진 마음을 끼니로 채우려 밥을 하려다, 너무 오랜만에 쌀을 씻는 느낌에 눈물이 왈칵 터졌다. 동생이 와 있는 동안 내 손으로 밥을 한 적이 없음을 실감했다. 동생은 내가 일하는 한인민박에 와서 머무르는 보름간 내 손에 물 한 방울 묻히지 않았다. 매일 저녁 이것저것 차려진 한식상을 받다 혼자서 밥을 해먹으려니, 허한 속을 채우기도 전에 맘이 쓰려서 뽀얀 쌀뜨물 위로 굵은 눈물만 떨구고 있는 것이다. *더 잘해줄걸. 더 챙겨줄걸.*

그렇게 한바탕 눈물 콧물 쏟아내고 그날 밤부터 앓아 눕기 시작해 일주일이 넘어가는 오늘까지도 시름시름 했다. 이 정도 앓았으면 되었으니 청승 그만 떨어야지 싶었다. 축 늘어졌던 일상을 다시 정상궤도로 끌어올리기 위해, 걱정하는 엄마를 위해서라도 스스로를 돌보고 관리해야 했다.

침대에서 몸을 일으켜 약국에 나가 기침약을 사고, 스스로를 먹이기 위해 된장찌개를 끓이고 생선을 구웠다. 매 시간 약을 챙겨먹고 휴식을 취한다. 갑자기 망가져 막막했던 노트북은 수소문 끝에 알아낸 곳으로 배송 수리를 보내고, 일주일 넘게 잠을 설치게 했던 푹 꺼진 매트리스를 고민하다 얼마 전 창고에서 발견한 토퍼를 꺼내 얹었다. 오랜만에 운동을 하고 깨끗이 샤워한 후 건조해지지 않게 몸에 바디버터를 듬뿍 발랐다. 그리고 나서 다음 날까지, 식사하고 약을 챙겨먹기 위해 잠깐 깨어나는 것을 제외하고는, 거의 20시간을 내리 잤다. 필요한 것이 충족되었다는 몸의 신호, 숙면이었다.

'선택과 집중'이라는 엄격한 모토 하에 에너지를 사용했었다. 에너지를 발산하는 영역을 취사 선택하여 집중적으로 써야 하기에 '그 외 나머지 영역'에는 일절 관심을 두지 않았다. 이는 내 심신을 보호하기 위한 알고리즘 하에 비의식적으로 일어나는 일이었다.

그래서 나는 혼자 살 자신이 없다고, 아니, 정확히 말하면 나는 혼자 살면 안되는 종류의 인간임을 일상에서 종종 자각하고는 했다. 외로움이나 허전함 때문이 아니라, 요리나 살림에 취약한 내가 혼자 살게 되면 생활적으로 얼마나 피폐해질 것인지 빤히 보였기 때문이었다. 공부와 일이 바빠 요리나 살림이 일보다 우선순위를 차지하는 일이 거의 없었던 나는, 스스로의 생활을 돌보는 일에 무지렁이가 되어 엄마의 희생을 잔인하게 요구했다. 이제는 좀 철이 들어 누군가와 같이 산다면 그 상호작용으로 관심 없는 요리와 살림에도 쭈뼛대며 좀 치대보겠지만, 혼자 산다면 그저 스스로 방치될 것이 뻔했다. 스스로 강하고 독립적인 인간이라고 자부해왔건만, 어쩌면 나는 굉장히 사람 타는 성격인지도 모를 일이었다.

제 몸 하나 제대로 관리하는 것만도 왜 그리 버겁고 어려웠을까. 놓아버리고만 싶었던 그때엔 나도 내가 중요치 않았는데 누군들 그들에게 내가 중요했을까. 이제야 나를 잘 이해해주고 싶고 스스로를 소중히 대해주고 싶은 마음을 가져본다.

엄마는 내가 아픈 곳 없이 건강하게만 돌아와주는 것이 선물이라 했다. 내게는 엄마가 오랜 세월 아끼고 관리해온 이 몸을 훼손하지 않고 온전한 상태 그대로 돌아가야 하는 의무가 있다. 그래서 당분간은 스스로를 잘 돌보며 매일의 일상을 정성스레 지내는 것에 에너지를 집중하기로 한다. 취약하리만큼 관심 갖지 않던 요리와 살림에, 간소하게나마 뛰어들어 본다.

이곳 런던에서나 서울에서나 모두가 참 모두에게 바쁜 날들. 그렇기에 스스로를 공들여 돌보는 일은 더 중요해진다. 오래 되었지만 잘 닦여 반들반들 윤이 나는 빈티지 물건처럼, 사람도 인생도 오랜 시간 돌보아 갈고 닦으면 가치가 서리는 것은 마찬가지일 터. 삶 전반에 걸쳐 시간이 흐를수록 높아지는 가치를, 가죽에 풀 먹이듯 내게도 곱게 입혀야지. 아름답게 때가 타야지.

나는 꽤 오래 전 세상에 나와 이곳 저곳에서 구르며 조금 상처 입고 낡았지만, 매끈한 것에 채 길들지 않은 기품과 아우라가 서릴 수 있도록 흐트러진 각을 바로 잡는다. 87년산 빈티지 유기체를 갈고 닦는다.

사막 모래언덕 위에 바람이 만든 무늬, 석회암 지대에 흐르는 물줄기가 만든 무늬를 본다. 바람 한 줄기, 물 한 방울도 지나간 자욱 이리 남기는데, 하물며 사람 들고 난 자리 오죽할까.
살아가는 여정 가운데 마주해 내 마음에 자욱 낸 인연들을 떠올린다. 개중에는 좋은 여운으로 남는 것도 있으나 분명 생채기 되는 것들도 있어, 더는 누구에게도 곁을 주지 않으려 애를 썼던 시간을 지나기도 했다.
그러나 이제는 안다. 수많은 바람 할퀴우고 간 사구의 표면이 흉치 않고 이리 아름답듯, 수없이 마음 긁혀도 거기엔 아름다운 마음결 나겠지. 아무 것도 지나지 않아 매끄러운 것보다, 많이 겪고 긁혀 그 흔적이 아름다운 무늬가 된 마음 갖고 살기로.
기꺼이 내 앞에 펼쳐진 세상에 뛰어든다. 사람을 마주한다.

런던살이

I.

누군가 런던에 대해 물을 때마다, 나는 언제나 이렇게 대답한다.
당신이 어느 분야에 관심 있든, 그 분야를 덕질하기 좋은 도시.

영국의 소설가 새뮤얼 존슨은 "런던이 지루하다면 삶이 지루한 것"이라 했다. "런던은 삶이 가져다 줄 수 있는 모든 것"을 갖추고 있기 때문이다. 18세기의 런던도 그러했을진대 오늘날의 런던은 오죽할까. 이곳에선 1년 365일 내내 크고 작은 행사와 이벤트, 각종 공연과 마켓, 밋업(meet up)이 열린다. 대부분이 무료인 박물관이나 미술관에 별 흥미가 없더라도 프리미어리그 축구, 빈티지 패션, 각종 마켓, 뮤지컬, 야경 등 구미에 맞게 매력적인 요소들이 많아 취미 부자, 호기심 천국들에게는 환호성을 내지를 수밖에 없는 곳.

정치, 경제, 예술, 패션…… 모든 분야에서 세계적인 수준의 활동과 상호작용이 일어나는 곳을 꼽으라 하면 나는 두 도시를 말할 것이다. 바로 뉴욕과 런던. 우리가 사는 곳을 바다에 비유한다면 이 두 도시는 온 바다를 통틀어 제일 크고 복잡한 산호밭일 것이고, 그러한 산호 군락에서 얻을 수 있는 양분을 흡수하고 싶었던 나는 이들 중 한 도시를 택해 한동안 그곳에서 헤엄쳐볼 것을, 여행을 계획하던 시점에 이미 결정했었다.

그리하여 런던에서 일상을 보낸 지 두어 달 반. 한인민박에서 일하며 사진 아르바이트, 구매대행, i-Phone 수리 대행 등의 간단한 부업을 병행하며 생활을 한다. 나의 걷는 속도는 이제 완전히 도시인의 것이 되었고, 여행을 시작한 이후 그 어느 때보다도 바삐 걷는다. 시간과 에너지를 제공하고 보수를 받는 생활에선 걸음을 유유자적이 놀릴 수 없다. 이 도시에서 욕심껏 더 바삐 걸음하며 일했던 것은, 수입을 떠나 시간을 아끼고 확보해 좋아하는 것들을 향유하는 여유를 갖고자 함이었다.

2.

몇 년 전 출장으로 런던에 처음 발을 들였을 때 첼시와 켄싱턴 지역에서 느꼈던 우아함은 내가 런던에 갖게 된 강렬한 첫인상이었다. 왕가가 건재한 나라에서 느껴지는 품격은 거리의 가로등이나 건물의 외벽과 창문 하나 하나에 서려 있었는데, 그러면서도 전 세계 현대미술계의 최전선에 선 갤러리들이 즐비하고 있다는 것, 게다가 이들 대부분이 무료라는 것은 더할 나위 없는 매력으로 다가왔다.

더하여, 쇼디치와 브릭레인 지역 빈티지 매장들이 자아내는 힙하고 레트로한 무드, 뮤지컬 극장들이 모여 전 세계 쇼 비즈니스의 중심을 이루는 화려한 웨스트엔드 등, 구역마다의 각기 다른 매력으로 런던은 여행자들의 구미가 당길 수밖에 없는 곳. 이렇게나 큰 공원들이 이렇게나 큰 도시에 이렇게나 많이 있었고, 런던 전역에 위치한 수많은 마켓에서 골동품, 핸드메이드 제품, 빛깔 고운 과일과 채소를 비롯해 먹거리들을 구경하다 보면 어느새 런던아이와 타워 브릿지의 멋진 야경을 감상할 시간이었다.

3.

여행을 하다 보면 '유럽은 다 거기가 거기 같다' '어딜 가나 똑같아서 재미 없다' 심지어 '유럽은 여자들이 좋아하는 곳이지, 저는 별로네요'라고 말하는 사람들을 심심찮게 만난다. 여행지에 대한 평가는 지극히 주관적인 것이지만, 많은 여행을 하면서 느낀 것 중 하나는 여행으로 얻는 즐거움에도 쉽고 어려움이 있다는 것.

누구나 감흥을 느끼기 쉬운 여행지가 있고, 상대적으로 어려운 여행지가 있다. 자연 풍경을 감상하거나 액티비티 위주의 여행지는 그 감흥을 직관적으로 느낄 수 있는 반면, 유럽의 일부 도시는 개인적인 연관성이나 배경지식이 없으면 자칫 무언가를 느끼기 어려운 여행지가 될 수도 있다. 하지만 현대사회가 기반하고 있는 경제, 역사, 철학, 예술의 많은 부분이 유럽에서 태동된 만큼, 흥미로운 이야깃거리들이 곳곳에 배어 있어 그 재미를 느끼기 시작하면 파도 파도 끝이 없는 곳이 바로 유럽이다. 실로, 즐길 줄 아는 자에게만 그 면모를 제대로 드러내는 여행지이기도 하다.

그 유럽 안에서도 산업혁명 이후로 근현대사의 중심지였던 곳이 런던이라는 것을 상기하면, 이곳에 다방면의 온갖 것들이 상당히 정교하게 발달한 이유를 납득할 수 있다. 런던이 매력적인 이유는 이렇게 문화적으로 누릴 수 있는 것들이 모여 정점을 이루는 데에 있다.

4·

이곳에서 버는 돈의 일부는 매주 뮤지컬을 관람하는 데 썼다. 뉴욕에 브로드웨이가 있다면 런던에는 웨스트엔드가 있다. 3~5만원 정도의 티켓 값을 지불하면 오리지널 극단의 수준급 공연을 즐길 수 있었다. 책, 영화, 드라마 등 스토리 콘텐츠를 즐기는 방법은 여러 가지가 있지만, 노래와 춤과 연기가 한데 어우러진 무대극만큼이나 생생한 전달과 몰입의 경험을 선사하는 것도 없었다.

〈라이온 킹〉의 오프닝 무대에 울고, 〈알라딘〉의 지니를 따라 어깨를 들썩였으며, 〈마틸다〉의 그네가 머리 위로 날아오르는 것을 바라보았다. 높이 솟아올라 노래하는 초록 마녀(위키드)의 가창력도 충격이었지만 〈더 북 오브 몰몬〉의 수위 높은 풍자도 가히 놀라운 것이었다.

그렇게 두세 시간 동안 무대에 눈물짓고 웃음짓다 극이 끝나면 많은 사람들과 함께 런던의 밤거리로 토해내졌다. 그 거리를 쏘다니며 감정의 온도를 식히다 돌아오곤 했다. 익숙해져 가는 일상이었다.

5.

아침에 일어나 창밖을 본다. 흰색 대리석 건물이 늘어선 핌리코 거리를 빨간 이층버스가 지난다. 아래층으로 내려와 외출한 손님들이 비운 방을 청소하고 나면, 장바구니를 들고 근처 마트에서 장을 볼 시간이었다. 수많은 시리얼과 식빵 브랜드 중 오늘은 어느 것을 시도해볼까 고민하다가 예전부터 눈 여겨보았던 그래놀라를 집어든다. 집으로 돌아가는 길에 잠시 들른 과일가게. 좋아하는 무화과가 하나에 500원 꼴인 것을 발견하곤 적당히 단단한 놈을 몇 개 골라 담아 집으로 돌아왔다. 아무도 없는 민박집. 음악을 틀어놓고 커피에 스콘을 곁들여 마시다 보면 주방으로 들어오는 햇빛에 오후가 저무는 것을 느낀다.

그렇게 일상을 지내다 남는 시간이면 런던의 이곳 저곳에 걸음을 했다. 걸어갈 수 있는 거리에 사치갤러리와 테이트 브리튼이 있었고, 발길 닿는 대로 돌아다녀도 그림 같은 장면이 펼쳐지는 첼시 구역이 바로 옆이었다. 서울 다음으로 내가 오래 머무는 도시가 런던이 되리라는 것을, 어릴 적 《데굴데굴 세계 여행》 영국 편을 탐독했던 나는 생각이나 했을까.

8월에는 노팅힐의 카니발 축제를 즐기고, 9월에는 오픈하우스 기간을 맞이해 활짝 개방되는 유구한 역사를 지닌 건물들을 방문하고, 수많은 공원과 템스강변을 거닐며 가을 날씨를 만끽하는 10월을 지내다 보면 핼러윈 파티가 기다리고 있는 11월이었다. 그리고 12월의 런던이 보여주는 것은 거리를 장식한 화려한 조명과 각종 크리스마스마켓들.

생각해보니 벌써 세 번째 런던이었다. 파면 팔수록 파야 할 것이 더 많아지는 이 도시는 경험하면 할수록 더 사랑할 수밖에 없는 곳이었다. 다음은 언제가 될지, 기약은 없지만 아쉽지 않다. 언제가 되었든 다시 올 것을 확신하기에.

6.

세계에서 물가 높기로 손꼽히는 도시 중 빠지지 않는 이곳. 세계여행의 마지막 대륙이 될 남미를 여행할 약간의 돈을 마련해야 했던 차에 살아보고 싶었던 곳이어서 체류를 결정한 곳이었다. 착한 물가로 가벼워졌던 삶의 무게와 고단함이 자칫 다시 무거워질 수도 있었기에 걱정도 됐었다. 그러나 이 여정은 오히려 이렇게 어려울 수 있는 곳에서 일상 그 이상의 호화로운 일상을 영위할 수 있게 해주었다.

입지가 좋은 한인민박 특성상 런던 중심부에 머물면서도 집세 걱정을 하지 않아도 된다는 것이 이 생활의 특혜 중 하나였다. 런던에서 지내는 4~5개월간 나는 넓고 깊은 문화적 탐방을 하며 여행자답지 않게 쇼핑도 많이 하고 이곳 저곳을 샅샅이 놀러 다니고도 수중에는 400만원 가량이 모아져 있었다.

여행을 하면 할수록 살아감에 더는 두렵지 않다. 생활을 떠나왔음에도 오히려 생활에 마음 떠나지 않게 함이 신기하고도 다행스러운 날들. 감사한 마음을 안고 오랜만에 다시 여행길을 떠난다. 짊어진 32kg의 배낭이 가볍기만 하다.

삶을 사랑하듯 리우를 사랑해

대낮의 코파카바나 해변에서 최악의 추행을 당했다. 브라질의 거침 없는 분위기를 닮은 그의 행동에는 약간의 주저함도 없었다. 얼마나 당황했는지 당시에는 스스로도 깨닫지 못할 만큼 당황했지만, 평소에 나쁜 일이 있을 때 의연히 대처하듯 아무렇지 않게 털고 뒤돌아 섰다. 기분 전환을 위해 카페로 들어가 휘핑크림 잔뜩 올려진 달달한 프라푸치노 한 잔을 주문해 마시며 시원한 냉방을 즐기다 숙소로 돌아와 누웠다. 당한 일을 결코 대수롭지 않게 여겨서가 아니라, 내가 더 이상 컨트롤할 수 없는 나쁜 일은 얼른 털어내는 것이 이 여행을 계속 이어나가야 하는 내게 필요한 대처였으니까.

그러나 나쁜 일을 겪은 다른 때와 다르게, 숱한 성추행 경험과는 다르게, 불쾌한 감각이 걸핏하면 스멀스멀 올라왔다. 수영복만 입고 있던 해변이라 다른 때보다 더 노골적인 접촉이 있었기 때문일까, 몸에 달라붙은 불쾌감이 사라지지 않는다.

소리를 지르고 화를 내야 했을까? 아니야, 그 작자는 키도 크고 덩치도 컸어. 잘못하면 해코지를 당했을 수도 있어.

누구에게도 말 못하고 호스텔의 침대 위에 누워 종일을 보냈다. 저녁이 되자 숙소 아래층에서 쿵쿵 울려대는 파티 음악이 경멸스러웠다. 나는 날 선 고양이처럼 웅크리고 앉아 피부 위에 끈적하게 달라붙어 떨어지지 않는 잔상 같은 그 감각을 깨물어 없애기라도 하는 것처럼 계속해서 손톱을 뜯는 것이었다.

나는 잘못한 것이 없다. 나는 잘못한 것이 없다…… 나는 잘못한 것이 없나……?

그런가. 나는 잘못한 것이 없나. 잘못한 것이 없는데 왜 이렇게 기분이 찝찝한 걸까. 무엇도 제대로 해결되지 못한 기분. 아름답다는 리우의 코파카바나 해변까지 와서 나는 싸구려 침대 위에 누운 채 끝없이 침잠했다.

잠시 와이파이를 쓰러 내려간 호스텔 1층. 전형적인 브라질 스타일의 한 남자가 내게 대화를 시도한다. 나의 곤두선 신경이 예민하다 못해 날을 세워 낯선 이를 향해 적의를 드러냈다. 오래 전, 첫 배낭여행지였던 인도에서 희롱과 추행에 예민해져 누가 팔만 만져도 “Don’t touch!”라고 일갈했던 그때의 예민함이 몸으로 기억났다. 그가 같이 저녁을 먹으며 여행 이야기를 듣고 싶다고 했다. 그 말을 씹어 바닥에 뱉듯 무시했다. 저녁 같은 소리하네. 당신이 원하는 것이 과연 저녁일까.

다른 피해자가 또 생기는 것을 막기 위해서라도 뭔가 조치를 취했어야 하지 않을까? 아니야. 일을 벌였다가 괜히 더 나쁜 일에 휘말렸을 수도 있어. 아니야, 그래도 더 강력하게 경고했어야 했어. 대체 왜 그러지 못했지?

이미 일어난 일, 하지 못한 일, 일어나지 않은 일, 일어났을 수도 있는 일이 실타래처럼 한데 뒤엉켜 마음 안에 나뒹군다. 끊임없이 일어나는 내적 대화가 나를 갉아먹는다. 나는 피해자 주제에 분에도 맞지 않는 자책감을 갖는다. 못났다. 이다지도 어리석다.

다음 날, 어제 무시했던 남자를 다시 마주쳤다. 그는 청소하는 남자 종업원에게, 아이를 데려온 한 여인에게 친근하게 아침 인사를 건네며 대화하고 있었다. 원치도 않는데 귀로 흘러 들어오는 그들의 대화는 그의 국적이 스위스임을 알렸다. 어제 그렇게 무시했음에도 내가 매고 있는 스위스 브랜드의 가방을 보고 반가워한다. 약간의 씁쓸한 감정이 일었다. 만약 예민한 경계심으로 저 사람을 무시하지 않았더라면 여행자간의 건전한 조우로 리우에서 좋은 추억을 만들 수도 있었을까. 아니면, 이런 동화스러운 전개는 펼쳐질 리 만무하고 그는 그저 거리의 남자들처럼 나를 향해 입맛을 다셨을까.

알 수 없다. 모를 일이다. 여전히 일어나지 않은 일은 알 수 없고, 내 속은 어렸을 적 큰 알사탕을 모르고 삼켜버린 것마냥 거북하기만 하다. 내가 모르고 삼킨 것은 똘똘 뭉쳐진 과잉된 자의식이었을까, 아니면 또 다른 추행을 예방한 알약이었을까.

남미 대륙의 첫 관문이었던 브라질의 이 도시에 도착한 이후 내게 내내 끈적하게 붙어 떨어지지 않는 것은 바닷가의 인접한 이 도시의 습기도, 기승을 부리는 모기도 아닌 바로 남자들의 캣콜링이었다. 나의 인격적 특성은 모두 무시 당한 채 인종과 외모적 특성만이 나의 유일한 존재 가치인양 바라보는 사람들에게서 끊임 없이, 그들은 칭찬이라고 여기는, 희롱들이 쏟아졌다.

숱한 여행에서 겪은 것으로 인해, 웬만한 희롱과 추행은 대수롭지 않은 것이었다. 물론 대수로워야 할 것들이고 그러하기를 바랐지만, 일일이 열을 끓이기엔 그 빈도가 도를 넘어섰기에 스스로의 정신건강을 위해 나는 무뎌지는 것을 택했다. '세계여행 나왔으면 강간 당할 위험 정도는 각오해야지'라고 말하는 젠더 감수성 극악의 혹자를 만났을 때, 나는 우둔하게도 아무 말을 하지 못했다. 강자의 폭력을 처벌하고 근절하기보다 약자가 스스로에게 가해지는 폭력을 당연하게 간주하고 각오해야 한다고 말하는 사람에게 그 폭력의 당연하지 않음을 이해시킬 자신이 없었다. 당연하지 않다고 말하기엔 너무나 도처에 만연한 폭력이기도 했다.

그리하여 그러한 폭력이 일어나는 관계에서 더 적극적으로 상대에 대한 처벌로 이어지는 행동을 하지 않은 것이, 그의 행동을 당연하게 취급한 것은 아니었을까 하는 자책이 일었다. 누군가 내 몸을 함부로 만졌다는 불쾌감보다도, 좀 더 적절하고 적극적인 대처를 하지 못했음에 좌절감을 느끼는 날들이 많았다.

오늘도 리우 곳곳의 남자들은 먹잇감을 찾아 눈을 굴린다. 이곳에서 한낱 사냥감으로만 여겨진 내게 리우는 최악의 경험을 선사한 도시가 되었다.

그러나,

내가 잘못한 것이 없듯 리우 또한 잘못이 없음을 부러 상기한다. 그에게 나의 여행을 망칠 권한을 부여하지 않겠다. 그 작자는 그 작자이고, 리우는 리우다. 이럴 때일수록 더 냉철한 이성으로 이 둘을 엮어 동일시하는 오류를 범하지 않기로 한다. 그러니까 나는, 환상적인 날씨로 나를 맞아준, 예수상 옆에서 멋진 경치를 만끽하게 해준, 멋진 피라미드 성당에서 고양감을 맛보게 해준 리우를 계속해서 사랑해보기로 한다. 그 모든 지난 날에도 불구하고 여전히 내가 삶을 사랑하듯이.

엠마는 작은 체구의 중년 여인. 높이 묶은 긴 머리의 포니테일에서 나이를 거스른 소녀스러운 활기가 느껴졌다. 30kg의 배낭을 맨 채 대로변에 덩그러니 서서 기약 없는 공항 버스를 잡으려 애를 쓰는 내게 다가온 그녀의 친절과 상냥함이 지친 나를 치유했다.

– Me, guide, I help people.

자진해서 내가 탈 버스를 알아보고 곁에 서서 1시간을 같이 기다려주는 이유를, 그녀는 어리숙한 영어로 이렇게 설명했다. 자랑스러움을 한껏 담아.

가끔 그녀의 스페인어를 내가 따라 되풀이하면 박수를 연신 치면서 좋아했다. 내게 원하는 것이 참 많았던 이 도시의 사람들 사이에서, 이런 별것 아닌 것으로도 기뻐해주는 사람이 있다는 것이 내게 기쁨이었다.

기다림 끝에 버스가 왔고, 엠마와 작별의 포옹을 나눈 후 버스에 올랐다. 창 밖을 달려 지나는 코파카바나 해변을 무연히 응시한다. 어제 있었던 일도, 오늘 엠마를 만난 것도 모두 이 해변에서였다. 나지막한 탄식과 함께, 결국은 눈물이 흐른다. 다 울고 나면 더 단단히 마음을 다잡고 남미 대륙에서의 여정을 시작하기로 한다.

안녕, 나 리우를 떠난다.

마법이 일어난 것처럼 느껴지는 순간들

탄자니아 잔지바르에서 16일간 진행된 워크캠프 봉사활동이 모두 끝났다. 보름 정도의 짧은 아프리카 시골마을 생활이었지만, 마을을 떠나는 지금 나는 처음 마을을 들어올 때와 무언가 달라진 느낌이다. 어디서부터 어떻게 이야기할 수 있을까, 내게 찾아온 또 한 번의 변화를.

여행 중에 봉사활동을 한 번 해보고 싶어 이런 저런 사이트를 뒤적거리던 참에, 탄자니아 잔지바르 섬에서 진행되는 봉사 프로그램을 발견했다. 이미 아프리카 대륙에 들어와 있는 상태였고, 잔지바르는 꼭 여행하고 싶었던 곳이었기에 마침 잘된 일이었다. 익히 그 명성을 들어온 잔지바르 섬은 해변 한두 곳 가보는 정도로 소비하기엔 아쉬울 것이 분명했기에 내게는 더 없이 좋은 기회였다.

프로젝트가 진행되는 마을은 스마트폰 지도에 나오지도 않는 길을 따라 꼬불꼬불 한참을 들어가야 나오는 'KISAKASAKA(키사카사카)' 마을. 말이 좋아 마을이지, 집들이 외딴 섬처럼 떨어져 각자 고립되어 있는 촌락이었다. 봉사자들의 캠프는 더 고립되어 있었다. 집이 있을 리가 만무한 풀숲을 한참을 헤치고 들어가니 덩그러니 집 한 채가 나타났고, 심각한 길치로서 과연 내가 이 집을 찾아 들어오는 길에 익숙해지는 날이 올까 생각했다.

벽과 바닥이 마감처리 없이 시멘트로 되어 있어 여전히 공사중인 것 같은 인상을 주는 집에서 바닥에 돗자리를 하나 깔고 생활하는 방식. 열악하긴 하나 그간의 내 방랑생활도 쾌적한 것만은 아니었기에 큰 거부감은 없었다. 방을 한 번 둘러본 뒤 매트리스를 하나 잡아 짐을 풀고 침낭을 까는데 캠프 리더와 식사를 담당하는 아주머니가 걱정 어린 눈빛으로 나를 보는 것이 느껴졌다. 첫 하루이틀은 이유 모를 거리감을 계속해서 느껴야 했다. 나중에야 이유를 물어보니, 바로 이전에 왔던 독일 봉사자 두 명이 이런 환경에선 도저히 지낼 수 없다며 이틀 만에 짐을 싸서 나갔다는 것이었다. 이래 보여도 꽤나 털털한 성격이니 걱정 말라고, 아주머니 밥이 너무 맛있어서라도 끝날 때까지 여기 있어야 될 것 같다 말하니, 그제서야 나를 향한 우려 가득한 눈빛이 거두어졌다.

거센 비가 쏟아진다. 아프리카에서의 '우기'란, 매일 저녁 이런 비가 내리는 시기를 가리키는 걸까. 한국에서 겪었던 가장 강한 태풍도, 동남아의 우기도 이에 비하지는 못할 것이다. 비뿐만 아니라 우거진 수풀과 나무, 닭과 병아리, 사람들의 에너지 등, 아프리카의 모든 것이 기존에 내가 알던 다른 것들보다 평균적으로 3배는 더 강렬한 느낌.

여행이란 이런 것이다. 장마철의 비가 이렇게나 다르고, 여름의 햇빛이 이렇게나 강렬할 수 있다는 것을 체감하는 것. 온대기후의 우리나라에선 느낄 수 없는 햇빛과 비, 바람과 하늘을 느끼면서 다양한 세상을 만나보는 것.

그런 의미에서 이 계절의 잔지바르는 내게 이제까지 없었던 계절과 세계를 겪게 하는 곳이다. 오래도록 지속될 잔상을 남길 생경한 나라. 극히 건조한 이집트의 시나이 반도에 있다가 모든 것이 수분을 머금고 있는 듯한 이곳에 온 지 이제 3일째인 밤, 내 평생 처음 듣는 빗소릴 듣고 누워있자니 그런 예감이 들었다.

봉사자들의 주 활동은 학교를 짓는 것이다. 나는 주로 공사중인 학교에서는 페인트로 벽을 칠하고, 돌아와서 늦은 오후부터 저녁까지는 마을 부녀자들에게 실팔찌 매듭법을 가르쳤다. 본래 프로그램에는 없는 활동이었으나, 쉬는 시간에 내가 팔찌를 엮는 것을 캠프 코디네이터가 보고는 클래스를 여는 것이 어떻겠냐고 제안하여 단독으로 진행하게 된 일이었다. 마을 사람들이 더 이상 맹그로브 나무를 베지 않고 또 다른 경제 활동의 수단으로 팔찌를 만들어 시장에 팔 수 있게 된다면, 이곳에서 내게 그보다 더 의미 있는 일은 없을 터였다.

청년들과 함께 늦은 오후까지 학교에서 페인트칠을 하고 돌아오면, 마을 부녀자들이 각자의 실 뭉치를 가지고선 집 앞에 찾아와 나를 기다리곤 했다. 한 명 한 명 눈맞춤 하며 서툰 손놀림을 바로잡아주다 보면 자연스럽게 서로간의 유대가 움트는 것을 느꼈다. 해가 지고 나서도 쉽게 멈추지 않는 손들을 달래서 집에 보낼 때면, 한두 명은 몰래 다가와 소중히 챙겨온 간식을 건네곤 했다. 꼭 혼자 먹으라는 당부의 말과 함께.

폭우가 내리는 밤, 전기도 들어오지 않는 시멘트 방 안에서 혼자 플래시를 켜고 앉아 실을 엮는다. 비 내리는 소리가 우레와 같다. 사납게 퍼붓는 빗소리 외에는 아무 것도 들리지 않아 역설적인 고요함을 느낀다. 열렬히 쏟아지는 폭우는 되려 마음을 차분히 가라앉힌다.

실을 하나둘씩 엮어 팔찌에 무늬 새겨가며 그리운 사람들의 얼굴을 하나둘씩 떠올린다. 무늬를 새기며 그리운 얼굴을 마음에 새긴다.

그리워할 대상이 있다는 것에 감사하다고 했던 누군가가 떠오르는 이 밤, 폭우가 가라앉힌 마음이 가랑비 젖듯 그리움에 물든다.

옆집에 일곱 살짜리 아이가 한 명 있고, 그 아이는 나를 곧잘 따른다. 아이와 나란히 앉아 아이의 눈에 내 눈을 맞추고 아이의 티 없는 말간 웃음을 따라 웃는다. 그러면 아이는 이따금씩 그 단풍잎만한 손으로 내 얼굴의 뭉친 선크림을 펴 발라주고, 머리에 붙은 먼지를 떼어주기도 하면서 본인이 할 수 있는 최대한으로 나를 돌본다. 내게 닿지 않는 그의 언어 대신 손길로 표현하는 어린 애정. 그 순수한 애정은 나로 하여금 가족과 친구들을 떠올리게 한다.

아무것도 갖고 태어나지 않은 우리가 서로에게 줄 수 있는 것이 사랑 말고 또 있을까. 그 사랑마저 줄 수 있는 날이 많지 않아 우리는 매일이 아쉽다.

내게 있어 아이들은 그리 편치만은 않은 존재였다. 또 다른 인격체, 삶, 인생을 책임진다는 무게감이, 지나가는 아이를 바라보기만 해도 내 어깨를 짓누르는 것 같아 버거웠고 우리 남매를 키워낸 엄마의 고단한 날들을 일깨우는 것 같아 괴로웠다. 아이를 어여삐 하지 못하게 된 스스로가 안타깝기도, 부끄럽기도 했다. 둥글어질 기미가 보이지 않는 이놈의 성격은 대체 언제까지 이렇게 뾰족하기만 하려는지. 내게 이는 덮어두고 싶은 미해결 과제, 일종의 외상 후 스트레스처럼 남은 그 무엇이었다.

그러나 시간은 흐르고 여행을 떠나와, 지난 일들로부터 시간적, 공간적으로 거리를 두게 되니 결국은 옅어지는 것을 느낀다. 과거의 편린들이.

사랑스러운 아이의 얼굴을 사랑스럽다고 볼 수 있게 된 지금, 내 지난 날의 무게도, 나도 조금은 가벼워졌을까. 아이의 미소를 있는 그대로 받아들일 수 있을 정도만큼은 내 속의 많던 나를 좀 덜어냈을까.

일을 마치고 집으로 돌아가는 길, 일행과 조금 떨어져 혼자 걷고 있으니 어느새 뒤에서 쫓아온 아이의 작은 손이 내 손바닥 안을 파고들어 쥐어온다. 이 별것 아닌 감촉에 눈물이 핑 돈다. 단풍잎만한 손에 빳빳이 굳은 손을 쥐어 잡힌 채, 어쩔 줄 모르고 그저 집까지 아이를 따라 걸었다. 실로 오랜만에 자그마한 발과 맞춰 걷는 걸음이었다.

가끔 마법이 일어난 것처럼 느껴지는 순간들이 있다. 한낮에 갑자기 빽빽한 구름이 몰려들어 한밤중같이 컴컴해졌다가 아무렇지 않게 다시 밝아지는 순간이라든가, 잔지바르 섬으로 들어오는 비행기에서 무심코 창밖을 내다봤을 때 섬 위에 거대한 무지개가 드리워진 것을 목격한다거나, 지금처럼 글 하나 마무리하고 마침표 딱 찍었을 때 폭풍 같은 장대비가 갑자기 조용해지는 순간이라든가 하는.

워크캠프 기간 동안 읽은 책은 애덤 스미스의 《도덕감정론》을 해설한 책이었다. 자유시간의 무료함을 달래기 위해 예전에 읽다 만 것을 다시 집어 들었다. 그러나 다른 모든 것이 그렇듯, 책 또한 지금 내게 가장 필요하고 가장 받아들일 준비가 된 것이 내 손에 들리게 되는 거겠지. 지금에서 생각해보면 그러했다.

기실, 책이 이야기하고 있는 바에 그리 새로울 것은 없었다. 동서고금을 막론하고 예부터 많은 책에서 가르치고 있는 '착하게 살아라, 신의를 가져라, 정의를 행하라'와 같은 별 새로울 것 없는 교훈들. 어쩌면 진부하고 지루할 법한 책이었다. 신의, 정의, 선행과 같은 당연한 덕목을 이야기하는 이 책이 그럼에도 유난히 마음에 다가왔던 것은, 아마 내가 그러한 덕목을 실현하며 살아가는 사람들과 함께 생활하고 있어서였을 거다.

가진 것은 많지 않으나 웃음이 많아 행복한 사람들. 입고 있는 옷은 헤지고 낡은 것이지만 매일 깨끗하게 빨아서 입는다. 아침저녁으로 몸을 씻어 항상 청결함을 유지하고, 설거지는 최대한 물을 아끼면서도 깨끗하게 씻을 수 있는 효율적인 방법으로 해낸다. 사람들 사이에서 제일 많이 오가는 말은 '아산테(Asante=Thank you)'와 '카리부(Karibu=You're welcome)'. 중년의 여성은 마을 내 모두에게 'Mama'가 되고, 남성은 'Uncle', 비슷한 나이 또래의 사람들은 서로가 서로에게 'Brother'와 'Sister'가 된다. 모두가 서로에게 선할 수 밖에 없는 생활 방식과 관습. 기본에 충실하고 범사에 감사하며 살아가는 사람들.

그리고 나는 애덤 스미스의 《도덕감정론》이 말하는 내 마음속의 '공정한 관찰자'를 점검한다. 나의 행동을 심판하고 결정하는 이성이자 원칙, 양심이기도 한 '공정한 관찰자'. 내 안의 관찰자는 과연 제대로 기능하고 있을까? 나의 행동 원칙은 신의, 정의, 미덕에 진실로 기반하고 있는가? 이러한 덕목을 바탕으로 행동하는 것이 아니라, 그저 지금껏 사회적으로 주입되고 교육받은 규칙에 의해 '도덕적이라고 생각되는' 정도로 적당히 합의하여 행동해왔던 것은 아닌가?

도시생활 속에서 항상 피로했던 나는 주위 사람들에 무신경하고 무감했었다. 내 신상과 이익에만 반응해왔던 내가 이곳에서 대가를 바라지 않는 선행과 주기만 하는 사랑을 미숙하게나마 베풀어보고, 이로부터 얻어지는 기쁨과 행복이 나를 성찰케 한다. 내가 타인을 대하는 방식, 타인에게 행하는 것들을 비롯하여 그 동안 살아왔던 기본 자세에 대해.

많은 곳을 다녀봤지만, 야자수가 이렇게 높고 많고 이파리 숱 많은 곳은 처음이다. 나는 야자수 잎이 바람에 흔들리는 소리와 빗소리를 헷갈려 하여 툭하면 호프에게 '지금 밖에 비오는 거야?'라고 묻는다. 그러면 호프는 한 치도 헷갈릴 것 없다는 말투로 단호히 대답한다. "Nope!"
오후에서 저녁으로 넘어가는 시간, 아늑한 햇빛에 우거진 녹음이 빛난다. 온갖 총천연 녹색의 것들이 바람에 살랑거리며 춤춘다. 살면서 처음 느끼는 늦은 오후의 분위기. 만끽하는 동시에, 나는 벌써부터 그리워진다.

고백하건대, 나는 사회 속에서 경쟁하고 성취하여 스스로를 이뤄나가는 데에만 열의를 보였을 뿐, 나눔이나 베풀기 같은 선행의 단어와는 거리가 먼 사람이었다. 스스로를 선한 사람이라고 여길만한 행동을 한 적이 있었던가. 지난 날의 내 모습에 부끄럽고, 슬펐다. 이렇게 가난한 마음을 갖고 여지껏 잘도 살아왔을까.

동시에, 깊이 감사할 수 있었다. 이 박한 영혼을 지금껏 보듬고 사랑해준 사람들에게. 지금 이곳에서 내가 봉사자라는 이유를 감안해도 이들의 살뜰한 애정은 나의 이해를 넘어서는 것이었다. 여행 중 현지인들로부터 받은 친절과 애정은 잔지바르에서만이 아니었다. 사실 한국에서도 마찬가지 아니었을까. 어쩌면 나는 사랑을 받기만 하고 흘려보내질 않아 고여 썩게 만들고 있어 여행을 떠나야 했는지도 모른다. 지금껏 타인에게는 냉정할 정도의 무관심으로 일관했던 내가 앞으로 살면서 다시 볼 가능성이 없는 사람들을 위해 시간과 에너지를 쓴다. 그동안 받기만 했던 내가 주고받고 또 다시 내어주는 순환을 경험한다.

여기저기에서 은혜를 입으며 내 안에 차곡차곡 누적되었던 선한 마음들이 이곳에 이르러 변화를 일으킨 것일까. 이곳 사람들의 삶의 방식을 접하고서 느낄 수 있었던 깊은 감사와 행복. 이를 타인과 나누고픈 마음이 자연스레 움텄다.

결심하여 소망한다. 일상에서 선의를 베풀고 미덕을 행하는 사람으로 살길. 정의로운 마음으로 남을 대하듯 나를 대하며 살길. 이해타산적인 태도를 버리고 진정으로 타인을 대하는 사람이 되어 살아갈 수 있길.

잔지바르를 떠날 날이 되니, 처음 이 섬에 들어왔을 때 비행기 창 밖으로 봤던 광경이 생각난다. 섬 전체 위에 크게 드리운 무지개가 좋은 예감을 갖고 여행을 시작하게 해주었지.

생각해보면 그것은, 이 섬에서 내가 겪을 아름다운 순간들의 고작 시작에 불과한 일이었다.

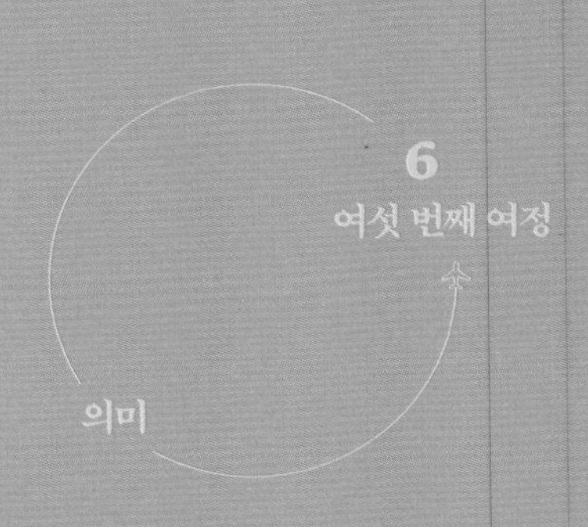
6
여섯 번째 여정
의미

인생에 의미가 있을까?

티베트로 가는 길

Part 1. 내가 데려가 줄게, 티베트

이 여행은 사실 티베트에서부터 시작했다. '세계여행'이라는 거창한 타이틀의 여정을 계획했을 때, 나는 여타 다른 곳이 아닌 티베트의 카일라스 순례길을 걷는 것으로 이 여행을 시작하고 싶었다. 갠지스 강의 발원지이며, 불교와 힌두교를 포함한 4대 종교의 성지이자 우주의 배꼽이라 여겨지는 산. 차마 이 성산(신성한 산)을 오를 수 없었던 사람들이 오랜 세월 산 주위를 돌며 수양하고 열망을 태웠기에, 예로부터 이곳엔 카일라스 봉우리를 둘러싼 순례길이 있었다.

한 번 돌 때마다 한 해의 업보가 소멸되고, 108번을 돌면 해탈하여 열반에 이른다는 카일라스 순례길. 세계여행을 결심하면서 많은 것들을 털어버렸음에도 여전히 들러붙어 있는 약간의 찌꺼기가 거슬렸을까. 정화하려 걷는다는 성스러운 길에서 나 또한 정신의 찌꺼기를 씻어버리는 것으로 긴 여행을 시작하고자 했다.

열리기 어려운 티베트로의 길. 돈과 시간이 따라줘도 변덕스런 중국 공안의 정책 운이 함께 다르지 않으면 어렵다는 길이 다행히 내 앞에 열릴 것이라 확신했을 때, 엄마에게 무작정 같이 갈 것을 권했다.

산을 좋아하고 들꽃을 사랑하여 히말라야와 알프스를 마음에 품고 살았으나, 그저 그렇게 품고만 있어야 했던 엄마. 엄마의 앞에 히말라야의 카일라스 순례길이라는 레드카펫을 깔아주고 싶었다. 나의 끈질긴 설득에 엄마는 가게를 정리하고 함께 티베트로 들어가, 그렇게 나의 세계여행의 시작을 한 달간 함께했다.

Part 2. 서역으로 달리는 열차

티베트의 수도 라싸로 들어가는 칭짱열차 안. 중국 베이징에서 시작해 대륙을 가로질러 서쪽 끝인 티베트까지 이어지는 장장 4,000km의 노선을 달리는 열차로, 나는 중국 한가운데인 서안에서 이 열차에 올랐다. 앞으로 32시간 후면 라싸에 도착할 것이다. 그때까지 내가 할 일은 그저 아침저녁으로 창밖의 풍경을 감상하기만 하면 되는 것.

산과 호수, 초원과 평야가 번갈아 나오는 것을 보다가 아침이면 창밖으로 얼음바다가 펼쳐지는 풍경을 본다. 이토록 많은 것들로 가득한 동시에 아무것도 없는 풍경을 응시한다. 사람의 자취를 찾아볼 수 없는 지역. 아름답지만 너무 높아 모두가 지나쳐가는 땅, 높아서 고독할 수밖에 없는 땅이라니. 까마득한 곳에 앉은 신은 홀로 외로울 수도 있을까.

새벽같이 일어나서 사람들을 인솔해 함께 오른 열차였다. 티베트는 현재 중국의 지배를 받고 있는 곳. 일정 인원의 사람을 모아 여러 가지 요건을 갖춘 후 여행사를 통해 허가서를 받아야만 진입이 가능하기에, 홀로 여행을 선호하는 나도 불가피하게 투어 그룹을 꾸릴 수밖에 없었다.

여덟 명을 모아 온갖 자질구레한 일들과 단계를 거쳐 여행허가서를 손에 넣고 나서도 한동안은 얼떨떨했다. 성수기에는 하늘의 별 따기만큼 어렵다는 칭짱열차 티켓 예약을 간신히 성공해 지정된 날짜에 기차에 오르고 나서야, 이제는 정말 티베트 땅으로 들어갈 수 있겠다는 확신이 들었다.

밖은 아무것도 없는 동시에 가득했다. 황무지가 펼쳐지다가 터널을 지나서는 강 줄기가 보이더니 조금 더 달린 후에는 호수의 수면으로 창이 가득 찼다. 하늘과 구름, 물빛이 지금까지 내가 보던 것들과 판이했다. 하늘과 땅 사이의 공기가 희박해지면 태양빛을 더 많이 받아 이런 오묘한 색이 만들어지는 걸까.

티베트 내에서의 일정만큼 기대한 것이 바로 이 열차 여행. 하늘 길을 달린다는 기차에 앉아 무념무상의 시간을 보내고 싶었다. 아무것도 하지 않아도 되는, 태만이 허용되는 시간 동안 그저 열차에 몸을 맡기고 감상만 하며 하늘 높은 땅에 도달하는 것. 열차 밖 풍경을 안주 삼아 음악을 듣고 책을 읽다가 시간의 제약 없이 마음껏 상념에 잠기는 것.

그러나 기차 안은 모든 것들이 너무 가득했다. 탁상 위로 온갖 먹을 것이 끊임없이 올라오고 온갖 이야기가 끊임없이 쏟아졌다. 음식물을 넣는 대신 많은 말들이 내뱉어졌다. 시종일관 시끄러운 사람들로 인해 여행을 시작하기도 전에 지칠 듯한 위화감이 들었다. 감흥을 느낄 정신적 여유를 잃어버리지는 않을까 하여, 나는 종종 객실을 도망쳐 나와 이어폰을 꼽고 아무것도 들리지 않는 척, 창문 밖을 향해 돌아 앉은 채로 혼자 시간을 보내곤 했다.

아침에 일어나니, 내가 탄 열차는 설국열차가 되어있었다. 눈 뜨자마자 처음 눈에 들어온 광경은 동녘이 끝도 없는 설원을 밝히는 모습이었다. 고요한 아침, 푸른 눈밭, 그 위에 드리우기 시작하는 햇살을 받으며 열차는 계속해서 높은 곳으로 올라 달렸다.

Part 3. 하늘에 사는 사람들

고지대 특유의 느낌이 있다. 쾌청한 맑은 하늘, 햇빛은 뜨겁지만 공기는 놀랄 만치 냉랭한, 한국에선 느껴본 적 없던 두 얼굴의 기온부터가 생경하다. 곳곳의 빨간 깃발은 이곳이 현재 중국 공안의 지배를 받고 있음을 알리고 있었고, 곳곳에서 진행 중인 도로 공사와 건축 현장은 이곳의 개발이 한창 진행 중임을 말해주고 있었다.

많은 곳을 여행해봤지만 또 생전 처음 여행하는 듯한 경이를 느낀다. 이곳 라싸에서 나를 놀라게 한 것은 풍경도, 거리도, 신성한 기운이 가득한 사원도 아니었다. 중심가로 들어서자마자 마주한 기도하는 사람들의 행렬. 한 방향으로만 도는 모습에, 처음에는 일방통행 로터리 같은 곳인가 싶었다. 언젠가 다큐멘터리에서 봤던 동물의 대이동 물결을 보는 듯도 했다.

알고 보니 이곳에는 티베트 불교의 총본산인 조캉 사원이 있었고, 이 사원을 둥그렇게 둘러싼 길을 따라 시계 방향 또는 반시계 방향으로 끊임없이 돌며 기도하는 사람들이 있었다. 티베트 불교에서 '코라'라고 부르는 이 행위는 신성한 것을 기리는 방법. 조캉 사원 주위를 돌며 기도하고 마니차를 돌리는 사람들의 행렬은 아침저녁으로 끊이지 않았다. 라싸의 핵심은 바로 이 조캉 사원이었고, 모든 상권 또한 이 사원을 중심으로 펼쳐지고 있었다. 한 나라의 최고 번화가가 신성한 사원이고 그 주위를 돌며 기도하는 행렬로 북적인다는 사실은, 티베트라는 나라의 성격을 직관적으로 보여주는 것이었다.

조캉 사원 제일 위층에서 라싸 시내를 바라보면 저 멀리 공중에 떠 있는 듯한 모습의 포탈라 궁이 보인다. 달라이 라마가 있는 포탈라 궁 또한 조캉 사원과 함께 티베탄들에게 있어 평생의 소원으로 꼽히는 순례지. 그리하여 이 주변에선 밤낮으로 오체투지를 하는 사람들을 쉽게 볼 수 있다.

오체투지는 머리와 두 손, 배, 두 발까지 모두 땅에 붙이는, 인간이 만들 수 있는 가장 낮은 자세로 하는 절이다. 온 몸을 바닥에 엎드려 붙였다가 일어나 다시 엎드리는 이 동작을 한 자리에서 반복하거나, 세 걸음마다 한 번씩 코라를 한다. 굵은 밴드로 발목과 허벅지를 묶어 고정시킨 채로 오체투지를 하던 한 소녀가 몇 시간 뒤에도 그 자리에서 여전히 오체투지를 계속하고 있는 모습은, 지금 이들과 내가 같은 시대를 살고 있는 것인지 의심하게 하는 것이었다. 감히 가늠해볼 엄두가 나지 않는 고달픔의 정도와 의미를 생각해보게 하는 기행. 그러나 그들 눈에는 매일 아침 마케팅 뉴스를 훑고 프로젝트 진행 상황을 병적으로 체크하던 나의 자본주의적 행위가 오히려 기이하게 느껴질지 모를 일이다.

파리에서 개선문을 중심으로 길이 뻗어나가듯, 라싸에서는 조캉 사원을 중심으로 길이 모여들고 나가기에 어딘가를 다녀올 때마다 이 사원 주변을 꼭 거칠 수밖에 없다. 그리하여 끼니를 해결하러 나갈 때에도, 해결하고 돌아올 때에도 자연스레 기도 행렬을 따라 사원 주위를 한 바퀴, 혹여 나가는 길을 놓치기라도 하면 두세 바퀴씩도 돌게 되었다. 저녁을 먹고 느지막이 귀가할 때에는 그 길을 몇 바퀴고 돌며 두런두런 이야기를 나누고 밤바람을 쐬다 들어오곤 했다. 기도하는 이들 사이에 섞여 그렇게 아침저녁으로 사원 주위를 돌다 보면, 야근 스트레스를 푼답시고 술집이 즐비한 서울의 번화가 골목을 헤매던 과거의 내가 흐릿했다. 여행을 시작했고 이제는 전혀 다른 세계에 당도해 있음을, 저기 언덕 위에 둥실 떠올라 빛나는 밤의 포탈라 궁이 알려주는 듯했다.

살아있는 부처라는 활불이 있고, 관세음보살의 현신이라 여겨지는 달라이 라마가 통치자로 역할하며, 평생의 염원이 라싸와 카일라스 순례인 사람들이 사는 곳. 인생의 목표와 그를 추구하는 방법이 내가 살던 곳과는 참 상이한 이곳 사람들에, 탐욕의 도시인인 나는 혼란을 겪는다.

그러나 이 문화적 충격은 고작 서막에 불과한 것이었다.

Part 4. 누군가에게는 평생의 소원, 카일라스 순례길

카일라스와 구게 왕국이 있는 서역을 향해 며칠간 계속해서 이동해왔다. 높은 지대로 이동해 오면서 산소가 점점 희박해서일까. 식욕이 줄어들면서 자연스럽게 섭취하는 열량도 적어진다. 신체가 절로 절전 모드에 돌입한 느낌. 좀 더 가벼워진 몸으로 수월하게 상승할 수 있도록 모든 것을 적게 섭취하여 오르는 이 여정. 산 꼭대기에서부터 밀려 내려오는 카롤라 빙하를 뒤로 하고 옥빛의 호수를 여러 개 지나 에베레스트 베이스캠프를 거쳐 순례길의 시작점에 이르니, 소담스러운 카일라스 봉우리가 이윽고 지척에 있었다.

카일라스 주위로 난 산길을 따라 3일간 총 53km를 일주하는 것이 카일라스 코라. 해발 3,000m 중반에서부터 시작해 제일 높게는 5,630m까지 오르게 되는 고산 트레킹이 요구되는 순례길이다. 워낙 드넓어 인적을 느끼기 어려운 이 경건한 산길에서도 걷다 보면 드문드문 마주치게 되는 이들이 있었는데, 바로 오체투지 순례를 하는 티베탄들이었다.

바닥에 온몸으로 엎드려 절하고 일어나 합장하여 세 걸음 걷고는 다시 바닥에 몸을 내던지듯 엎드려 절하는 행위를 반복하며 전진하는 순례. 이렇게 절하면서 이동하는 거리는 하루에 고작 6km 남짓, 한 바퀴를 도는 데만도 열흘 이상이 소요되는, 육체적 한계에 달하는 일일진대, 더 기함할 노릇은 이들의 오체투지 순례는 머나먼 고향에서부터 시작된다는 것이었다. 그리하여 그 길에서 더러 누군가는 생을 마감하기도 하고, 누군가는 뱃속에 품고 있는 생명을 세상에 내어놓기도 하는 등, 이들의 삶 자체가 순례였다.

이렇게 몇 계절이 걸리고 때로는 목숨을 내어놓기도 해야 하는 카일라스 코라에서 그들이 기원하는 것은 다름아닌 모든 생명의 안녕. 티베트 불교에서 신자들의 염원은 개인적인 행복과 불행에 국한된 것이 아니라 했다. 교리가 이야기하는 것은 고통의 필연. 어차피 세상에 태어나 겪어야만 하는 것이 고통이니, 이 삶의 고통을 피하기 위한 기도는 이들에게 의미가 없을지도.

언젠가 본 다큐멘터리에서 한 티베탄은 이토록 험난한 순례를 하는 이유에 대해, 사람의 몸으로 다시 태어나기도 어려운데 인생을 낭비하고 싶지 않기 때문이라고 했다. 이들에게는 그저 돈을 벌기 위해 열심히 사는 것만으로는 그 인생이 충분하지 않은 것이다. 경제활동을 멈추고 심신을 혹사시켜야 하기에 경제적 가치로만 보면 저평가되기 쉬운 행위. 그럼에도 이 순례가 이들 평생의 소원이라는 것을 생각해보면 우리가 살아가는 도시와 그 삶의 기준이 얼마나 판이한지 느낄 수 있었다.

그는 카일라스로 순례를 하는 지금, 생에서 가장 의미 있는 시간을 보내고 있다고 했다. 많은 사람들이 살아가는 동안 고통 받으며 결국 죽음을 맞이하는 것을 보았기에, 다가올 죽음을 준비하고 다음 생을 준비하기 위해 순례한다는 그들은, 어쩌면 이 순례의 끝에서 살아있는 부처가 될는지도 몰랐다.

그리하여 이 순례가 평생의 소원이라는 사람들이 오체투지를 하는 옆에서 너른 길을 걷다 보면 엊그제까지 영위하던 나의 일상은 전생처럼 느껴졌다.

추운 계절에 춥지 않고, 더운 계절에도 덥지 않은 사무실. 그 안에서 종일을 지낸 것도 모자라 새벽을 맞이하다 보면 계절감도, 시간감도 흐릿했다. 4년을 그렇게 일한 것은 내가 아니라 시간 그 자체가 아니었을까 싶은, 피아 구분 없이 흐릿하고 모호해 어떻게 지나온 것인지 알 수 없는 날들. 생이 주어지고 나면 삶은 만들어가는 것일진대 나는 그저 매일의 주어진 바에 급급하여 겨우

생존만을 할 뿐이었다.

매일 아침이면 스마트폰으로 시장의 최신 뉴스를 훑고, 마케팅 동향을 파악하고, 업무의 홍수에 휩쓸리다 보면 어느새 밤 10시. 자정을 넘어가는 야근은 다반사였다. 어쩌다 일하지 않아도 되는 주말을 앞둔 금요일이면 격무 후 친구와 이태원으로 향해 마시지도 못하는 독주를 연거푸 입에 털어 넣곤 했다. 정신을 뭉근히 띄우는 독한 술은 예민해진 신경을 즉각적이고 효과적으로 누그러뜨렸다. 그렇게 악에 받힌 폭음을 하다 보면 나날이 일취월장하는 것은 주사였다. 술에 취하면 회사 노트북을 밖에 버리고 들어와선 다음날 발을 동동 구르며 다시 찾아 품에 안고 들어오곤 했다. 그런 주말을 보내고 출근한 월요일이면, 중국 알리바바 그룹 회장이 예측한 미래 유통 시장 관련 기사가 팀 전체 메일로 공유되어 있었다.

역설적이게도, 돈을 벌기 위해서는 돈을 써야 하는 일들이 많았다. 고객사와의 미팅에 입고 갈 만한 그럴싸한 재킷과 코트가 필요했고, 그에 어울릴만한 가방과 구두도 필요했다. 이것저것 사들이고도 뭔가 목이나 귓가, 팔목 등이 허전해 보여, 시계나 목걸이를 사들여야 할 것만 같은 욕심이 계속해서 이어졌다. 필요치 않은 필요에 끊임없는 허기를 느껴야 했다.

소비가 의미를 잃으면 그 소비를 위한 생산활동 역시 무의미해진다. 보자마자 그렇게나 사고 싶었던 고가의 머리핀은 포장도 뜯지 않은 채 일주일째 가방 속에서 굴러다녔고, 제대로 해먹어볼까 싶어 사놨던 식재료는 냉장고 안에서 썩어 문드러지기 일쑤였다. 친구에게 주려고 산 생일 선물은 한 달이 넘도록 서랍 안에 처박아 둔 상태 그대로였다. 나는 매일같이 야근을 하고 주말에도 일하며 힘들게 돈을 벌었다. 그렇게 심신을 갈아 넣어 겨우 획득한 나의 소비력은 얼마만큼이나 가치 있는 소비로 연결됐을까. 내가 소비한 금액 중 과연 얼마나 진정 나를 행복하게 하는 데 쓰였을까. 뭔가 이상하게 돌아간다는 것을

어렴풋이 느끼고는 있었지만 제대로 신경을 쓰기에는 모든 것이 피로했다. 해야 할 것, 챙길 것은 너무 많은데 매사 턱없이 부족하기만 한 시간과 에너지. 이에 반비례하여 늘어가는 것은 자괴감과 자책감이었다.

티베트에서는 오체투지 순례자를 만나게 되면 약간의 돈이나 음식을 건네는 '보시'의 관습이 있다고 했다. 순례자의 기도는 그 자신만이 아닌 이 세상 모든 생명을 위해 올리는 기도이기에.

엄마는 오체투지하는 여인에게 다가가 지폐 한 장을 건넸다. 이곳에서 사원이나 순례자들에게 보시할 때 보통 사용되는 최소 단위의 지폐로, 고작 몇 백 원 하지 않는 푼돈이었다. 엎드려 있던 그녀는 하고 있던 절의 마지막 합장까지 마친 후, 끼고 있던 흙먼지 가득한 장갑을 벗고는 천천히 고개 숙여 인사하며 지폐를 받았다. 그런 그녀와 맞인사를 하고 돌아서자마자 눈물이 터졌다. 그깟 푼돈, 얼마나 한다고 장갑까지 벗어 들고 인사하는지. 오히려 그녀의 오체투지를 방해하는 것 같아 말리고 싶었던 그 인사는 현재 그녀의 상황에서 가능한 최대한의 예의와 감사였다. 170원을 건네고서 받은 그것에 나는 엉엉 울고 싶어졌다. 모든 것에 송구스러웠다.

우리는 얼마나 괴롭게 돈을 벌고 그에 무색한 소비를 하는가. 1위안짜리 지폐를 그러쥔, 세상에서 제일 공손한 그 두 손은 나로 하여금 반드시 많은 소비만이 높은 만족감을 주는 것은 아님을 알게 했다. 많이 벌어 많이 쓰는 것을 줄곧 원해왔던 내가 이곳에 이르러 적게 벌어 어렵게 쓰는 삶의 방식을 생각해 보게 되었다. 많이 쓰지 않아도 그만큼 만족스러운, 더 효율적인 소비생활에 대해 고민해보기 시작한 것이다.

이곳은 낮이면 뜨겁고 밤이면 시리다. 하루에 사계절을 모두 겪는데 그 하나하나가 이토록 선명하다. 도시에서와 달리 해 뜨면 덥고 해 지면 추운, 자연의 순리 그대로의 온도를 느끼는 것이 얼마만인지. 그 어느 때보다 인위와 멀고 자연에 가까운 생활. 나는 무계절의 사무실을 나온 것이다.

엄마와 함께 일행으로부터 떨어져 나와 서로 약간의 간격을 두고 걷는다. 저 멀리 앞서 걷는 엄마는 이곳과 어우러져 풍경이 되고 그 뒤에서 홀로 걷는 내게 감상이 된다.

걸음마다 날들을 돌이켜본다. 한 걸음에 한 시절씩도, 조금 특별했던 날들에 대해선 상당한 걸음을 할애하여 찬찬히도. 누구에게도 부끄럽지 않게 열심이었던, 인생의 단계적인 과업을 '잘' 밟아가 보려 매 순간 최선을 다 했던, 그러나 가끔은 필요 이상으로 치열했고 경쟁에 과도하게 취해 타인을 보려 하지 않았던 날들을 돌이켜본다. 그렇게 걷고 있으면, 개인의 불행이나 처지에 조금도 개의치 않는 사람들을 지난다. 그저 묵묵히 세상 만물의 평안을 몸 바쳐 기원하는 사람들을 길 위에서 만난다. 아아, 나는 얼마나 나로 가득 찼는지. 그들이 내게 말 한 마디 하지 않아도 나는 호되게 혼이 난다.

해발 5000미터를 넘어서자, 이곳의 사람들에게 이 길이 가지는 무게만큼이나 한 걸음 한 걸음이 무거웠다. 걸음을 떼기 어려워하는 내 앞과 뒤에는 여전히 오체투지 순례자들이 있었다. 눈밭에서건, 돌무더기 가득한 산길에서건,

그렇게 묵묵히 엎드려 전진하는 그들을 볼 때면 내가 다 절망적인 기분에 울어버리고 싶은 충동이 일었다. 그들의 고행이 고통이라는 삶의 본질을 그대로 드러내 보여주는 것 같아 때때로 눈을 돌려 외면하고도 싶었다. 그렇지, 사는 게 이리도 힘든 거지. 어쩌면 우리 모두가 삶이라는 고행을 계속해 나가는 순례자. 이런 생각을 하면 나 또한 그들처럼 모두에게 관대해지는 것이었다.

아, 공기가 엷다. 아주 조금 움직였을 뿐인데도 숨이 턱 끝까지 차, 크게 몰아 마셔도 숨에 갈증이 인다. 가만히 있어도 호흡이 고픈 그 감각은 과연 티베트 불교가 이야기하는 '삶은 곧 고통' 그 자체였다.

눈발 서린 될마라 고개. 이 순례길의 제일 높은 지점인 해발 5,630m의 해탈의 고개에 다다랐을 때, 이곳 사람들을 따라 나 또한 내 소유의 물건 하나를 꺼내 내려놓았다. 나의 죄, 나의 업보를 뜻하는 이 물건이 나를 대신하여 이곳에

남아줄 것이다. 거센 눈보라에 혹여 날아가기라도 할까, 큰 돌을 얹어 단단히 눌러놓고 고개를 내려오니, 폭설과 우박이 거짓말같이 그치고 그 뒤로는 계속해서 햇살 가득한 길이었다. 마지막 3일째 되던 날, 누적된 피로로 다리는 천근 만근이지만 마음만은 깃털이었다. 따사로운 햇살이 비추던 순례길의 도착점, 그 끝에 서서 엄마와 서로를 감싸 안았다. 다치지 않고 건강히 완주한 우리를 축하하며, 이 길을 함께 걸어준 서로에게 감사하며.

오늘도 지구 반대편의 어느 높고 깊은 산 속에는 생면부지인 그대의 안녕을 위해 이 땅에 묵묵히 기도를 올리는 누군가가 있다. 아주 예부터 있어왔고 앞으로도 있을 그들로 인해 우리들은 태어난 순간부터 조건 없이 사랑과 기원을 받는 존재가 된다.

살아있는 모든 이들을 위한 그들의 기도, 그 과정에서 찾는 마음의 안정. 개인의 고통을 극복하고자 고통을 자처하는 것이 순례였다. 그것은 삶이라는 고통을 이해하고 이제는 기꺼이 받아들여 보고자 하는 내게도 마찬가지인 것이었다.

티베트에도 점을 치는 점쟁이들이 있어. 이들이 미래를 점치는 원리는 사건의 원인과 결과 관계를 바탕으로 하는 일종의 '추정'이래. 사람이 배가 고프면 곧 밥을 먹을 것을 알 수 있듯이, 어떤 사건에는 반드시 그와 이어진 연결고리 사건이 있어서 그 단서를 발견하면 특정 사건의 발생을 예측할 수 있다는 거야. 이런 맥락에서 이 책의 저자가 말하기를, 누군가 지금 카일라스의 순례길에 있다면 그것은 그 사람이 카일라스를 처음 알게 되었을 때부터 이미 예견되어 있었던 미래인 거야.

알아, 생각만 한다고 다 실현되는 것은 아니지. 그래도 묘하게 납득이 되는 말이었어. 과거의 내가 막연하게 품었던 세계여행이라는 꿈을 지금은 이렇게 실현해 살고 있으니. 어쩌면 내가 티베트와 카일라스를 알게 되고 이곳에 오고 싶다는 막연하고 미약한 바람을 가진 순간, 여기에 오게 될 미래를 스스로 만들었던 거야.

그러니까 친구야, 우리 앞으로 계속해서 좋은 생각만 하면서 살자. 우리가 하는 바르고 건강하고 행복한 생각이 우리를 바르고 건강하고 행복한 미래로 이끌어줄 테니까. 생각한 모든 것들이 다 이뤄지진 않겠지만, 이뤄진 모든 것들은 우리가 한 번이라도 생각했던 것일 테니.

Rush Phari, Pakistan 러쉬 파리, 파키스탄

꿈결에 다녀왔을까

Part 1. 빙하길 건너

곳곳의 가시나무 덤불이 열심히 걷는 우리를 자꾸만 까칠하게도 붙잡는다. 비용을 아끼려 포터나 가이드를 고용하지 않고 단 둘이서 카라코람 산맥 한가운데로 들어온 탓에 장비나 복장이 불충분한 것은 어쩔 수 없는 일. 길을 잘못 들어 덤불 사이를 지나기라도 하면, 보온을 위해 뒤집어 쓴 내 판초에는 잘 떨어지지도 않는 가시가 잔뜩 붙어 떼어내느라 애를 먹어야 했다

파키스탄 북부, 세계에서 두 번째로 높은 봉우리 K2가 있는 카라코람 산맥 지역에서 트레킹을 하는 것은 내 오랜 여행 숙원이었다. 이 산맥은 넓게 보자면 히말라야 산맥의 광역에 포함되는 지역으로, K2를 포함해 7,000~8,000m 급의 세계적인 고봉들이 위치해 트레킹 코스로 유명세를 떨칠 만도 하지만, 사실상 거의 불모지에 가까웠다. 기반 시설이 잘 갖춰져 있어 많은 사람들이 트레킹을 즐기는 네팔의 히말라야 쪽과는 달리, 그 흔한 이정표 하나, 숙소 한 채 없을 정도로 미비한 환경. 텐트를 짊어지고 전 일정을 비박으로 소화해야 하기에 마음먹기가 쉽지 않았다. 며칠 전 가볍게 몸풀기로 울타르 산행 당일 코스를 마치고, 이번엔 일주일 코스의 러쉬 파리를 걷고 있는 중.

어제에 이어 오늘도 넓은 빙하를 건넌다. 빙하를 건너는 어려움은 실로 예상하지 못한 것이어서, 이번 트레킹의 변수로 그 몫을 톡톡히 하는 중. 빙하에 실제로 다다르고 나면 멀리서 보고 생각했던 것보다 건너기 쉽지 않아 항상 심란했다. 단순히 표면이 울퉁불퉁한 정도가 아니라 집채만한 크기의 얼음 바위가 크고 작은 수많은 언덕을 이루고 있는 정도의 굴곡짐. 이를 오르내리고 우회하고 뛰어 건너야 하기에 같은 거리라 해도 평지에 비해 2~3배 이상의 시간이 소요되었다. 게다가, 빙하는 끊임없이 움직이며 변화하는 지형. 정해진 길이 없기에 판단력과 직감으로 적당히 디딜만한 곳을 찾아서 한 발 한 발 앞으로 나아가야 하기에 시간을 꽤나 잡아먹는 구간이었다.

빙하에서 상당한 시간을 소요한 끝에 바르푸 로드에 진입하니, 이에 대한 보상처럼 골짜기 사이에 풀이 융단처럼 깔린 평탄한 길이 펼쳐졌다. 마치 디즈니 만화 동산에 나올 법한, 폭신한 풀밭 위로 이어지는 오솔길. 이쪽 어딘가에는 스머프 마을이 있고, 저쪽 어딘가에는 곰돌이 푸우와 피글렛이 앉아있을 것 같은 풍경. 고도가 높은 황량한 북파키스탄에서 이렇게 촉촉한 풀빛 가득한 풍경은 그 특별함이 더했다. 시냇물이 햇살 받아 반짝이며 풀밭 위를 흐르고, 그 자연을 여유롭게 즐기고 있는 동물들. 걷는 것은 우리만이 아니었다. 곳곳에 소와 염소, 나귀들이 무리를 형성하고 있었고, 모두 우리처럼 남쪽을 향해 천천히 이동하고 있었다. 우리는 이들이 물을 찾아 움직이는 것이라 생각하고, 계속 따라 남쪽으로 이동하다 샘물을 찾으면 그곳에서 첫 야영을 하기로 결정했다.

이날 저녁, 파키스탄 통조림 치킨 요리에 라면을 끓여 맛있고 든든하게 끼니를 해결했다. 아침은 주로 빵이나 비스킷에 훈자 지역 특산물인 체리 잼을 바른 것이 될 터였다. 단출하지만 다행히 파키스탄의 비스킷은 대체로 맛이 좋았고, 신선하고 달달한 체리 잼은 좋은 열량 공급원이 될 것이다.

트레킹의 목적지인 러쉬 파리로 향하는 길은 그러나 바르푸 로드처럼 계속 달달하기만 한 것은 아니었다. 머리로는 알고 있었다. 직선 거리로는 1km도 채 안되지만 고도는 1km 이상 차이가 나는 상당한 오르막 구간을 한 번은 지나야 한다는 것을. 하지만 닥친 상황은 녹록치 않았다. 우리는 각각 9kg, 16kg의 짐을 짊어지고 있었고 가진 물은 1.5L 남짓이 전부였다. 한낮의 해는 작열하는데 나는 설상가상으로 생리 중이었고 우리에게 다른 선택지는 없었다. 부족한 경험은 만용으로 이어졌고, 우리는 무지하여 용감했기에 계속해서 오를 뿐이었다. 오를수록 숨이 차오르고 많은 땀을 흘렸으나 양껏 물을 마실 수 없어 괴로웠다. 중간에 에너지를 보충하고자 참치 캔과 삶은 달걀을 섞어 빵에 올려봤지만, 너무 비려 반도 먹지 못하고 내버릴 수밖에 없었다. 방법은 없었다. 한 발 한 발 집중해서 천천히, 템포 있게 걸음을 옮길 뿐. 해가 지기 전에 빨리 오르고 싶었으나, 욕심껏 빨리 오르려 하면 호흡이 흐트러져 오래 걷지 못하고 자주 멈춰 서서 호흡을 골라야 했다. 그러면 속도는 더 느려지고 불규칙한 휴식을 갖게 되는 것이다.

그래도 한 가지 위안이 되는 것이 있다면, 그것은 미야르 빙하의 웅장한 모습이었다. 끝이 보이지 않는 오르막을 향해 한 발씩 내딛다 문득 뒤를 돌아보면 거대한 빙하가 산 꼭대기에서부터 쏟아져 내려오고 있었다. 그간 산골짜기 사이를 걷고 있어 가려져 있던 빙하가 높은 곳에 오르니 언덕 너머로 그 모습을 드러낸 것이다.

거대하고 아름다운 풍경을 마주하는 것은 복잡한 감정을 겪게 되는 일이다. 장엄한 것을 눈 앞에 둘 때면 삶의 구심점이자 핵심 주체였던 '나'라는 존재가 미물로 전락해버리는 두려움, 그렇기 때문에 상대적으로 가벼워지며 자유로워지는 기쁨. 작아지는 두려움과 그로 인해 행복해지는 이 양가적인 감정은, 여행을 하면서 마주하는 자연에서 느끼는 특별한 정서적 경험이었다.

힘겹게 다다른 오르막의 끝에는 놀랍게도 초원이 있었다. 풀밭이 널리 펼쳐져 있었고 야트막한 언덕 너머로 끝없는 초원이 계속해서 이어지고 있었다. 아름다웠으나, 물은 없었다. 30분 정도 물을 찾아 남쪽으로 이동하다가 포기하고 텐트를 세웠다. 이미 해가 넘어간 시간이어서 더 이상 이동할 수도, 물이 없어 무언가를 해 먹을 수도 없었다. 무거운 짐을 지고 고단한 오르막을 올라야 했던 나의 유일한 일행인 연인은 저녁도 먹지 못한 채 지쳐 쓰러졌고 나는 그 옆에서 혼자 빵과 비스킷으로 대충 허기를 채우고 누웠다. 많이 자면 조금이라도 더 기운을 회복할 수 있을 것 같아 잠을 재촉했다. 내일이면 고대하던 호수, 러쉬 파리에 도착할 것이다. 상대적으로 짧은 코스이니 내일은 오늘보다 나을 거라 위안하며 시린 침낭 속을 파고 들었다. 이제는 오래된 꿈처럼 느껴지는 며칠 전의 아침을 떠올리며.

소문난 전망을 자랑하는 카리마바드의 눈부신 아침 풍경을 배경 삼아 앉아, 엊그제 서리해 온 빛깔 좋은 사과를 한입 베어 문다. 달고 상큼한 과즙이 아침 텁텁한 맨입을 적신다. 다른 모든 것들은 잠시 접어두고 지금의 감각에 집중해 본다. 오른손에 그러쥔 사과의 표면이 싱그러이 매끄럽고, 왼손으로 당겨 잡은 연인의 오른손은 무척 넓고 따뜻해 이 쌀쌀한 아침 기온도 견딜만하다.

따뜻한 차이를 마시며 먼 곳에서부터 흘러오는 물줄기를 눈으로 훑는다. 온통 주위를 둘러싼 설산의 한가운데를 구불거리며 지나는 훈자강. 오래간 고대해왔던 이 풍경이 한동안 내 일상의 배경이 될 터. 설렘과 안도감, 그리고 벌써부터 피어 오르는 아쉬움과 그리움까지 한데 뒤섞여 일렁인다.

이곳까지 흘러 들어오느라 요 며칠간 고생을 좀 했다. 몸은 잘 가져다 놓았으니 이제 마음과 정신을 챙겨올 차례. 온전히 이곳에 존재할 수 있도록 지금 이 순간을 의식해 본다.

지금 나를 둘러싸고 있는 이 풍경으로 온전히 스미는 아침.

Part 2. 정상에서 마주한 눈동자

아침에 일어나 텐트 밖으로 내려다 본 미야르 빙하는 굉장했다. 금방이라도 저 꼭대기에서부터 우레와 같은 소리를 내며 흘러내려올 것만 같은데 시간이 멈춘 것처럼 정지해 있다. 역동적인 모습으로 자아내는 정적인 풍경. 빙하라는 것은 이렇게 물리적인 법칙을 초월하는 풍경을 선사하는구나. 아찔해지면서 추락해버릴 듯한 느낌. 여기에서라면 사라지는 행위 자체도 사라져버릴 것만 같은 느낌. 나와 너를 포함한 그 어떤 것도, 이 눈앞에 있는 거대한 것보다 중요한 것은 없을지도 모르겠어.

날씨는 여전히 좋지 않아 하늘은 금방이라도 비를 흩뿌릴 태세. 미야르 빙하를 마주보고 선 우리의 텐트가 더욱 위태로워 보였다.

컨디션이 정상은 아니었으나, 어쨌든 오늘은 이 트레킹의 목표점인 호수, 러쉬 파리에 도착해야 하는 날. 서둘러 목적지를 향해 걷는데 안개인지 구름인지 모를 것이 시야를 가리고 곧이어 비가 내리기 시작한다. 고산지대에서 햇빛만큼 중요한 것이 또 있을까. 떨어지는 기온에 몸이 떨리기 시작하는데 설상가상으로 오늘따라 길이 잘 보이지 않는다. 얼어가는 손발을 끊임없이 움직이며 내 앞에 놓인 바위더미들을 계속해서 올라보지만 그 끝을 가늠할 수가 없다.

어디까지 올라야 하는 걸까. GPS가 가리키는 방향은 끝이 보이지 않을 정도로 높이 쌓인 바위더미들. 아무래도 길을 잃었다. 기운이 빠지면서 허기가 져, 대충 바위 중턱에 바람막을 치고는 아껴왔던 라면을 끓여먹는다. 저 아래 끝없이 펼쳐진 초원 언덕에 분홍색 꽃이 지천으로 피어있는데, 그 아름다움이 눈에 잘 담기질 않는다.

아침부터 지금껏 먹은 것이라고는 빵 몇 조각과 컵라면 하나가 전부. 비를 맞아 떨어진 체온은 쉽사리 오르질 않고, 식기 하나 제대로 챙길 만한 에너지도 남지 않은 상태다. 추위에 떨기 바빠 다른 것을 챙길 여유가 나질 않는다. 지쳤다는 것을 머리로 인식하자마자 빠른 속도로 무섭게 느껴지는 육체적 고비. 지도에 따르면 호수는 바로 코앞에 있어야 하는데 왜 끄트머리도 보이지 않는 것인지.

모든 것이 지난 후 겪은 일들을 반추해보면 이따금씩 드는 의문이 있다. 아무리 절망적인 상황이라 해도 적어도 최악이 되지는 않게끔 세상이 필요한 것을 시의적절이 내어주는 것일까, 아니면 어떻게든 살아남으려는 내가 필사적으로 누군가를 용케 찾아내는 것일까.

카리마바드의 등산장비 매장에서 만났던 트레킹 가이드 카림을 이 산속에서 다시 만난 것은, 내가 이 생에서 몇 번 경험하지 못한 기적에 가까운 요행이었다. 다시 한 번 겪게 되는 여행의 은총. 사람의 흔적을 찾기 어려운 이 산속에서 그것도 아는 사람을 만나 도움을 받는 다행을 입는다. 카림이 이끄는 일행은 10명 정도의 꽤 큰 무리였고 우리는 이들과 합류하여 이후의 남은 트레킹 일정을 수월히 소화할 수 있었다.

그렇게 극적으로 도착한 러쉬 파리는 그간 겪었던 3일 밤낮의 고생을 무색하게 만들었다. 안개와 눈발에 짙게 가려 호수의 형태조차 짐작할 수 없었던 것이다. 쓰리고 헛헛한 마음을, 카림 일행의 주방장이 맘씨 좋게 내어온 닭 요리 한 접시로 달랠 수밖에 없었다.

그리고 찾아온 해발 4,700m의 길고 힘겨운 밤. 옆에 누운 이의 몸은 고열로 불덩이처럼 뜨거웠고, 밤새 내려대는 눈이 걱정스럽게 텐트를 짓눌렀다. 모든 것이 좋아지기만을 바라는 것 외에는 할 수 있는 것이 아무것도 없는 안타까운 밤이 지나고 있었다.

트레킹을 좋아하게 된 것은 오로지 두 발로 걸어 올라야만 만날 수 있는 풍경이 거기에 있기 때문이었다. 매번 상상 이상의 경이를 보여주는 고산의 풍경이 있기에, 오를 수 있는 여력이 있다면 오르지 않을 이유가 없었다.

아침에 일어나 텐트 밖으로 나온 순간, 온통 하얗고 파란 것들로 시야가 가득 찼다. 부신 눈을 가늘게 뜨고 주위를 둘러보니, 밤 사이 날씨가 완전히 개어 파란 하늘을 그대로 담은 호수가 새하얀 눈밭 가운데 선득하니 푸른 빛을 내고 있었다. 키 큰 수목이 없는 고지대의 호수는 흡사 그 자체로 하나의 눈동자. 러쉬 파리 일대가 완전히 눈을 뜬 것이었다.

이 높은 지대에 바람이 한 점도 없어 수면 위에 얌전히 누운 풍경이 기하학적인 반영을 이루고 있었다. 모르고 보면 뭔지 모를 데칼코마니. 아직 이른 아침, 애초에 이곳엔 우리와 카림 일행의 텐트가 전부였지만 그마저도 이른 아침이어서 아무도 없는 호숫가였다. 둘러싼 공기가 나를 씻긴다. 깨끗한 냄새가 나는 풍경. 여기에 오기 위해 선행되어야 했던 4일간의 고생을 한 치의 의문도 없이 납득할 수 있는 순간이었다.

그러했다. 언제나와 같이 어려움이 있다면 좋은 일도 이내 찾아 들어 종국에는 플러스 마이너스 제로에 수렴하는 것이었다. 우리는 깎아지른 오르막을 넘어 부족한 물에 허덕이다 길을 잃었지만, 카림 일행을 만나 길을 찾고 충분한 음식을 얻을 수 있었다. 걱정했던 날씨는 밤 사이 말끔히 개어 러쉬 파리는 최상의 아름다움을 보여주었고, 고산병으로 고생하던 연인은 다행히 카림 일행의 의사에게 약을 받고 어느 정도 컨디션을 회복

할 수 있었다.

모든 것들을 겪으며 마주했던 러쉬 파리였기에 더욱 경이로웠을까. 해가 높아지고 눈이 녹기 시작하면서 호수 주변의 초원 지대가 본래의 색을 드러내기 시작했다. 파키스탄에서 제일 높은 곳에 위치한(4,694m) 이 호수는 이렇게 간밤에 눈이 내린 후 해를 받는 날이면 이내 전혀 다른 모습으로 탈바꿈하는 것이었다.

뜨거운 해를 받아 피어 오르는 물안개 사이를 거닐며 실로 모든 것에 감사했다. 작게는 이곳에 오기 위해 겪어야 했던 어려움부터, 크게는 이곳에 나를 오게 한 것에까지. 이 순간을 위해 응당 있어야 했던 모든 것들과 모든 순간에. 산에 오르는 것은 목표를 성취하기 위한 고행의 기꺼움을 이해하기 위함인지도 모른다.

호수 주변에서 반나절을 보내고 하행하는 길. 키 작은 들꽃이 흐드러지게 핀 비탈을 타고 내려간다. 이 길은 산 꼭대기에서부터 흘러내려 오는 두 빙하 줄기가 만나 장대한 바르푸 빙하를 이루는 모습을 정면으로 마주하며 걷는 길. 걷다 잠시 멈춰 앞을 본다. 어지럽다. 그 거대함 앞에서 작아지는 존재감. 잊혀지는 개체성. 살아간다는 것에 대한 모든 개인적인 것들을 잠시 접고 나를 초월하는 어떠한 것에 홀려 정신을 풀어놓는다. 퍼져버리는 의식, 시선을 고정할 수 없는, 아니, 어디에 고정해야 할지 모를 정도로 거대한 것을 애써 집중해서 온 눈으로 담는다. 온 마음으로 마주 대한다.

이걸로 됐다. 이 장관을 마주한 것으로 지난 4일간의 고생을 잊었다. 세찬 바람에 눈물 몇 방울 날리고, 짊어진 짐을 다시 한 번 추켜 맸다. 거대한 두 빙하를 마주한 채 꽃길 걷는다.

하산하여 마을로 돌아오는 3일간의 일정은 카림 일행과 함께 했기에 수월했다. 우리만이었으면 길을 찾고 헤매는 데 썼을 에너지를, 풍경 속에서 걷는 즐거움을 만끽하는 것에 온전히 집중할 수 있는 산행이었다.

코스를 무사히 완주한 후 호퍼 마을로 돌아가 휴식을 취하던 시간을 생각해보면, 나는 마치 노년이 되어 흘러간 시절을 추억하는 기분이 든다.

일주일간 그토록 바랐던 샤워를 개운히 마치고는 정원에 나가 바람에 머리를 말리며 해가 지는 풍경을 바라봤다. 편안히 앉아 불어오는 산들바람을 맞았다. 수확철을 맞아 잘 영근 살구를 한입 가득 깨물어 먹으며 정원에 하나둘 불이 켜지는 것을 지켜봤다. 한 순간도 허투루 보내는 것이 허락되지 않아 놀라움과 두려움, 긴장과 불안, 감탄과 경이로 빼곡했던 지난 일주일의 모든 것이 지난 밤 꿈결에 일어난 것이라 해도 믿을 만한 평온함이었다.

심샬리의 길

길고 긴 길을 두 다리로 직접 걸어본다는 것. 끝이 없을 것만 같은 길도 한 걸음씩 걷다 보면 결국은 끝에 도달하게 된다는 만고불변의 진리를, 이렇게나 직접적이고 단순하게 체득할 수 있는 방법이 또 어디에 있을까. 걷는 여행을 찬양한다.

I.

파키스탄 북부 산악 지역, 깊숙한 계곡 안으로 들어가면 순박하고 강인한 심샬리들이 살고 있는 심샬 빌리지가 있다. 농업과 목축을 주 생계수단으로 삼고 살아가는 이들이 여름 방목지로 개척한 곳이 심샬 파미르 고원이었고, 이 고원은 심샬리들이 여름 내내 야크와 염소를 키우는 일터가 되어왔다. 심샬 마을에서부터 심샬 파미르 고원에 이르는 길은 이들이 삶을 개척한 길이고, 지금의 트레커들이 선망하는 트레킹 코스가 되었다. 나 또한, 강한 체력과 정신력을 지닌 심샬리들의 삶이 이어지는 그 길을 걸어보고자 이렇게 험준한 산속 깊은 곳 오지마을을 찾게 된 것.

2.

트레킹 준비를 하며 며칠 머물렀던 심샬 빌리지를 뒤로 하고 평야 한쪽으로 난 오르막으로 들어서니 벌써부터 계곡 사이로 난 길의 경치가 아찔하다. 본격적인 산길이 시작되려는 모양새다. 눈에 보이는 풍경을 담아내고 싶은 욕심에 카메라를 만지작거리지만 이내 넣어둔다. 폭이 좁은 벼랑길에서 사진에 정신이 팔려 한 발짝이라도 헛디디는 날엔 그 길로 끝장이었다. 때로는 없는 길도 헤치고 만들면서 걸어야 하는, 끊어진 듯 끊어지지 않은 희미한 길을 걸음걸음으로 잇는다.

심샬 트레킹 코스는 전체 약 일주일이 소요되는 일정. 이제 겨우 첫날일 뿐인데 벌써부터 급격히 기력을 소진해 중간중간 주저앉아 숨을 고른다. 답지 않게 다리를 허우적댄다. 트레킹 준비를 위해 심샬 빌리지에 머물렀던 지난 이틀간 배앓이를 하며 굶다시피 했으니 아무래도 컨디션이 평소 같지는 않을 터였다. 워낙 고도가 높아 소화능력이 원래만 못해, 약간이라도 덜 익은 닭고기를 먹게 되면 이렇게 갑작스런 장염 증세로 밤새 속을 게워내곤 했다.

컨디션을 좀 더 회복한 다음 일정을 시작하고 싶었으나 비자 만료일이 얼마 남지 않은 시점에서 트레킹을 더 미룰 수는 없었다. 일정을 속행한 것은 나의 오판이었을까. 다리에 힘주어 걸어야 하는 낭떠러지 길은 계속되는데, 몸에 도통 힘이 들어가지 않는다. 발이 미끄러져 위험한 장면이 자꾸 연출됐다. 해가 지기 시작하고 더 이상 걷는 것은 무리겠다 싶은 시점, 우리의 포터 겸 가이드인 무라칸에게 오늘의 목표점까지 얼마나 더 가야 하는지 물었다. 그에게서 돌아온 대답은, 최소 3시간.

3.

나는 대체 왜 이 힘든 길을 자진해 걷고 있는 것일까. 왜 이런 고행을 자초하기로 결심했던 걸까. 고통은 고통의 이유를 알고 싶게 하는 법인지라, 나는 끊임없이 자문했다. 심샬 빌리지와 심샬 파미르 고원을 잇는 이 길고 긴 길을 걷고 싶었던 이유는 무엇이었을까. 육체적 고통에 이제는 흐릿해진 이 여정의 이유. 내가 왜 이 고통을 자처해 겪고 있는 것인지를 되새겨 납득해야 했다. 이 힘듦을 기꺼이 감수할 수 있는 명분이 필요했다.

심샬을 처음 알게 됐을 때 나는 본능적으로 끌렸다. 강한 자만이 살아남을 수 있던 척박한 오지 마을. 훈자 지역 내에서도 한참을 깊숙이 들어와야 하는 곳이어서, 심샬 빌리지에 도착했을 때에는 마치 지구 제일 깊숙한 안쪽에 다다른 듯한 기분이 들었다. 버스를 탄 알리아바드에서부터 이 깊은 곳까지 한참을 굽이굽이 이어졌던 그 길도 심샬리들이 직접 만들어 닦은 길이라 했다. 그 길 덕분에 다른 마을과의 교류가 가능해졌고 이 미지의 마을이 점차 외부로 알려지기 시작했다고. 그리고 그 마을에서부터 유목생활의 터전인 파미르 고원까지 이어지는 이 실낱 같은 길이 나 같은 여행자들을 끌어당기고 있었다.

생각해보면 내가 지금껏 경험했던 등산은 등산을 위한 등산로를 걷는 것이었다. 반면 심샬 파미르 트레킹 코스는 그 길을 개척해 밟은 한 발 한 발에 생존을 목적하는 이유와 의미가 서린 생활 길이었다. 그들이 살아남기 위해 찾아나선 삶의 터전. 해발 4,700m의 파미르 고원까지 이어진 그 길을 직접 걸어보고 싶은 욕망이 일었다. 그렇게 심샬리의 삶과 역사를 조금이나마 체험해보며 나와는 다른 타자의 삶을, 생활을, 문화를 경험하고자 했다. 그리고 나는, 그들의 생존이 결코 쉽지 않았음을 이렇게 온 몸으로 절감한다.

생각은 자연스럽게 흐르고 확장된다. 나는 이제 트레킹을 넘어 내가 하고 있는 이 여행 자체의 목표와 이유를 의식의 장에 띄워본다. 나는 현재 나의 시간과 경제적 자원을 '경험의 최대화'에 투자하고 있다. 나의 삶을 변화시키려면 내가 변해야 했고, 내가 변하기 위해서는 나를 둘러싼 환경을 변화시켜야 했다. 지금까지 살아왔던 일상을 똑같이 지속하는 것이 새로운 삶을 야기할 가능성은 적었다.

커리어와 연봉이라는 기회비용으로 2년간 하고 싶은 것만 하며 살 수 있는 자유를 샀다. 어디든 가고 싶은 곳을 갈 수 있는 날개와, 무엇이든 보고 싶은 것을 볼 수 있는 무제한 티켓을 샀다. 이는 내 일평생 경험의 폭과 깊이를 넓힐 도구가 되어줄 것이다.

그리하여, 새로운 경험과 영감을 추구하려는 내가 스스로를 이 길 위에 세워다 놓았음을 새삼 실감한다. 언젠가 엄마가 말했었지, 길은 말이 없다고. 모든 것이 결국 내가 나로 인한 것. 항상 스스로를 한계에 몰아붙인 것은 다름 아닌 나였다.

이제는 저절로 움직이는 다리를 느끼며 문득 생을 떠올린다. 고통스러운 다리로 위태로운 길을 걷는 이 행위는 어느새 살아간다는 행위의 메타포가 된다. 태어난 이상 좋든 싫든 걸어야 하는 삶이라는 길을 생각해보게 한다. 지금까지 걸어온 길은 어떠했고 앞으로 걸어야 할 길은 어떠할까. 앞으로 어떤 방향으로 이 여행을, 이 삶을 끌고 갈 것이며, 종래에는 어떤 일과 미래로 내 삶을 만들어갈 수 있을까.

이제는 내 것이 아닌 듯한 다리를 느끼며 소망한다. 내가 가진 것으로 일조하고, 기여하고, 긍정적인 영향력을 미칠 수 있는 수단을 찾아 그것으로 나와 타인의 인생을 풍요롭게 할 것을. 나의 작은 소임이 가치로 연결되어 실현하는 삶을 살 수 있다면, 의미 있는 삶을 사노라 말할 수 있지 않을까.

어떤 길을 갈지 정했다면 이제 남은 것은 그 길을 걷기만 하면 되는 것. 더 이상 길을 걷는 것이 두렵지 않았다. 속도가 도착 여부를 결정하지는 않으니 힘에 부칠 때면 조금쯤 천천히 걸어도 괜찮을 것이다. 눈을 크게 뜨고, 두 다리에 긴장감을 놓지 않고 한 걸음씩 '그냥' 내딛다 보면 끝내 목표지점에 도달해 있을 테니.

모든 에너지가 고갈된 채 첫 번째 캠프사이트에 도착했다. 오늘 나는 다시 한 번 내 한계를 극복했다.

4.

간밤에 화장실을 다녀오다가 무심결에 하늘을 올려다 보고는 기겁을 했다. 밤하늘을 빽빽이 채운 별빛이 무섭도록 따가웠다. 최선을 다하지 않은 오늘이었다면 부끄러웠을 하늘. 죄스러웠을 별빛.

5.

어제 일찍 잠들었음에도 근육통에 잠을 설쳤기 때문인지 몸에는 여전히 피로감이 잔류하고 있다. 희박해지는 공기에도 중력은 왜 줄어들지 않는 걸까. 해발 4,000m에 가까워진 고도는 갈수록 몸을 짓눌렀다. 텐트를 정리하고 가방을 싸서 아침 첫 발걸음을 내딛는 순간, 오늘 여정의 전체가 막막해졌다. 온몸에 기운이 없는 나는, 태어나서 제일 느리게 걷는 속도로 거북이마냥 걸어 올라갔다.

이 날의 괴로움을 이 한 문장으로 표현할 수 있을 것이다. *인생 최대의 체력적 위기*. 그 좋은 풍광도 눈에 들어오지 않고, 끝나지 않는 길이 짜증스러웠다. 그 어떤 좋은 것도 지금 이 순간 내게는 아무런 의미가 되지 못했다. 체력만큼은 항상 자신 있던 내가 체력으로 인해 스스로의 기분과 태도를 컨트롤하지 못함에 무기력했다. 오늘의 계획된 코스를 3분의 1 남긴 지점에서 일찍 일정을 마무리하고 쉬어가기로 했다.

6.

최고점이 그렇듯 최저점도 잠시간이다. 삶에서 경험적으로 배운 바에 의하면, 못 견딜 것만 같은 괴로운 순간이 계속되리란 법은 없다. 전날 걱정스러운 마음으로 잠들었던 것이 무색하게, 편안히 숙면하여 개운한 느낌으로 아침을 맞이한다. 몸이 한결 가벼웠다. 어제가 아마 이번 트레킹의 최고 고비였을 것이다. 내딛는 첫 발걸음의 느낌이 이제까지와 사뭇 달랐다. 오늘은 제일 짧은 코스로 대여섯 시간 정도만 걸으면 되는 일정이라 마음에 부담도 없고, 여러모로 가볍다.

7.

오후 늦게부터 조금씩 흩뿌리던 눈은 이튿날 아침이 되니 굵은 눈송이의 함박눈이 되어 있었다. 다른 날은 몰라도 오늘만큼은, 이 트레킹의 목적지인 심샬 파미르 고원 슈웨르트 마을에 도착하는 날만큼은, 날씨가 좋았으면 하는 바람을 무참히 져버리는 하늘. 패딩에 우비까지 걸쳐 무거운 몸만큼이나 마음도 무거웠다.

눈보라로 흐릿한 와중에도 심샬 파미르 고원은 어스름하게나마 그 윤곽을 드러낸다. 조금씩 풍경이 보인다. 고원 사이를 흐르는 강줄기, 눈밭의 야크 떼, 끝없이 펼쳐진 너른 지대 한가운데에 슈웨르트 마을을 향해 난 좁은 길 하나. 카메라로는 이 어스름한 아름다움을 담을 수 없다. 오직 육안으로만 희미하게 가늠해볼 수 있을 뿐.

구름과 안개가 자욱하고 눈발이 뒤덮어도 이 땅 본연의 아름다움은 숨겨지지 않는다. 그래, 새하얀 모습의 파미르 고원은 이 땅의 또 다른 아름다움일 터. 서운해지는 마음을 겨울 호수 풍경으로 달래본다.

8.

심샬 빌리지와 심샬 파미르 고원을 오가는 트레킹로 중간중간에는 쉼터 및 비박 장소의 역할을 하는 돌집이 있어서, 트레커들은 이곳에서 밤을 보낸다. 돌집은 사실상 말만 집이다. 실내는 집 밖과 마찬가지로 흙바닥인데다 아무 세간도 없이 모닥불 피우는 자리만 있는 수준. 슈웨르트 마을 또한 여기에 천만 좀 깔아놓고 아궁이를 설치해놓은 집들이 몇 채 모여 있는 정도다. 그리하여 심샬리의 길을 걷는 이 일주일 동안은 최소한의 생활만을 영위하는 선사시대를 체험하는 것과도 같았다.

슈웨르트 마을 사람들이 하는 일은 주로 목축. 아침에 양과 야크 무리를 마을 밖으로 내보내고, 저녁 무렵에 이들을 다시 불러들인다. 그 외에는 집안에서 차이와 차파티를 만들어 끼니를 때우거나, 아궁이 주위에 둘러앉아 불을 쬐면서 이야기를 나누는 일상. 문명의 이기를 어느 정도 포기해야 하는 여행지를 꽤나 경험해봤지만 이 정도로 원시적인 세간과 기본적인 생활만이 있는 곳은 처음이다.

나는 대체 어디까지 들어온 걸까. 나는 지금 인간 생활상의 모든 스펙트럼상에서 얼마만큼이나 최소한의, 기본에만 충실한 생활상을 보고 있는 걸까. 아마존 같은 곳에서 전통적인 부족 생활을 체험하고자 했던 여정이 결코 아니었기에 이는 약간 충격이기도 했다. 선사시대를 연상시키는 이들의 가옥 내부, 가축과 함께 생활하는 모습은 그들과 내가 같은 시대를 공유하며 살아가는 것이 과연 맞는지, 아니면 내가 지금 옛 시대를 여행하고 있는 것은 아닌지 의심하게 하기에 충분했다.

자연의 순리에 충실한 생활.

일전에 무라카미 하루키의 책을 읽었을 때 가장 인상 깊었던 것은, 반복적인 작은 일상을 매일 새롭다는 듯 공들여 사는 인물들이었다. 《해변의 카프카》에서 나카타 상은 매일같이 정해진 시간에 비슷한 메뉴의 소박한 식사를 한 후 차를 마시며 매일 보는 풍경을 새로운 풍경 보듯 몇 시간이고 바라보는 인물이었다. 《1Q84》의 아오마메는 은둔 생활 중 매일 같은 루틴의 신체적 수련을 하면서도 매번 근육 하나하나에 집중하는 인물로 묘사된다.

비슷한 맥락으로, 별것 아닌 반복적인 사물의 움직임에 집착적인 관심과 집중을 보이는 자폐인들의 행동에 호기심을 느낀 적이 있었다. 대체 무엇이 그들을 그렇게 하나에 파고들게 만드는 것인지. 내게는 마냥 단조로워 보이는 것도 그들에게는 아주 흥미로운 대상인 듯했다. 내 둔한 오감으로는 그들이 보는 세상의 반도 채 보지 못하는 것 같았다. 어쩌면 그들이 사는 세계와 우리가 사는 세계는 넓이와 깊이에서 차이가 있는 것은 아닐까. 우리와 달리 좁고 깊은 차원으로 집중적인 에너지를 발산하는 그들의 눈에, 어쩌면 우리는 그저 얕고 넓은 세계에서 에너지를 피상적으로 소비하는 개체로 비춰질지도 모른다.

뚜렷한 멜로디 없이 반복적인 비트로 전개되는 테크노 음악이 인기다. 전자음의 청각적인 질감과 진동 자체를 음미하는 이 장르를 향유하는 이들이 많아진다는 것은 복잡한 음악을 벗어나 소리 자체에 집중하는 사람들이 많아진다는 의미일지도. 이와 비슷하게 우리는 슬라임을 주무르며 집착적으로 일차원적인 촉감을 추구하고, 컬러링북에 색을 칠하는 행위에 몰두하고, 빗방울이 떨어지는 단조로운 ASMR 사운드를 찾아 듣는다. 이 모든 것은 복잡해지는 외부세계와의 균형을 찾으려는 무의식적인 정신작용인 것일까. 우리는 어느덧 단순하고 반복적인 것에서 만족을 찾아간다.

서울에서와 다르게 단순하고 반복적인 이곳에서의 생활은 나의 정신사고 메커니즘을 무장해제시킨다. 우리가 누리는 기술과 혜택은 우리의 사고와 욕망에 영향을 미치고, 그렇기에 우리의 정신세계는 옛사람들과는 다른 메커니즘의 체계일 것이다. 그 메커니즘을 탑재하여 일상을 지내보는 것이야말로 여행이 제공하는 경험의 정수. 이 심살에서의 극단적인 생활은 나로 하여금 생활의 단순화로 인한 욕구의 단순화를 체험하게 한다. 정신적 수고로움이 요구되지 않는 일상. 매일의 그저 하루 세끼를 해결하는 것 외에는 욕심 부릴 것도, 부리고 싶은 마음도 들지 않는 환경. 고도화된 문명과 복잡한 사회망이 낳는 새로운 문제와 욕망에 둘러싸여 살아가는 우리들에게 이는 분명 낯선 정신적 체험.

언제까지고 쉽게 채워지고 싶다. 이토록 아무것도 아닌 것에 기쁘고, 아무것도 아닌 것에 사랑을 느끼고 싶다. 단순하고 반복적인 것에 기쁨과 만족을 느끼는 겸허한 쾌락주의자이기를, 자발적 자폐인으로 살기를 선망한다. 이곳 슈웨르트 마을을 떠난 후에도.

9.

해가 넘어갈 시간. 아직도 함박눈은 펑펑 나리고 수많은 양들이 돌아오고 있다. 회귀하는 양들의 느릿한 움직임은 하나의 거대한 흐름을 이룬다. 고흐가 그린 흐르는 별빛과 같이, 물결치는 사이프러스 나무와 같이, 양들은 역동적인 흐름을 형성하며 장관을 선사한다. 그리고 그 흐름은 마을 구석구석에까지 미친다. 작은 마을 안은 어느새 외진 구석까지 양들로 가득 찼다.

굵은 눈송이의 수직적인 움직임, 양과 염소들의 소용돌이치는 물결이 함께 전에 없이 꽉 채워져 시각적 움직임을 이룬다. 이 마을의 어디를 보아도 그 움직임의 잔상이 남아 어지럼증이 인다. 눈은 대체 언제나 그칠는지.

10.

어제 아침부터 오늘 새벽까지 그렇게 내려댔는데도 더 내릴 눈이 남아있다니. 날씨는 이곳을 곧 떠나야 하는 이방인의 안타까운 마음을 전혀 고려해주지 않는다. 슈웨르트 마을과 파미르 고원은 여전히 눈보라 속에 모습을 감추고 있고, 나는 이제 다시 심샬 빌리지로 향한다. 몇 개의 오르막 구간과 그 벼랑길을 다시 지나야 할 테지만, 한 번 극복해낸 길은 더 이상 극복의 대상이 되지 않는 법. 수월한 만큼 빠르게 지나갈 것이다.

살면서 배가 고파 현기증을 느껴본 것도, 이렇게까지 원시적인 주거를 경험해본 것도, 육체적인 한계를 넘고 또 넘어본 것은 처음이었다. 이 일주일간의 트레킹을 마치고 난 후의 나는, 지금의 나보다 조금은 더 성장해 있을 테지. 역시 좋지 않은 산행이란 없다.

II.

같은 시대를 살아간다 해도 각자의 환경과 추구하는 가치에 따라 삶의 모습이 이토록 상이하게 펼쳐진다. 그리고 여행은 이를 피부로 느끼게 한다. 내가 하는 생활이 이 시대의 삶의 일반이, 보통이, 전부가 아님을 알게 한다. 몇몇 심샬리들은 이제 SNS를 하기 시작했고, 이메일로 사진을 보내달라는 요청을 하기도 한다. 파미르 고원과 심샬 마을을 일주일에 거쳐 오가는 심샬리들의 유목생활은 대체 언제까지 이어질까. 언제가 되었든 꼭 한 번은 다시 올 이곳. 그때에도 이 심샬리의 길은 명맥을 유지하고 있을까.

사랑과 여행이 한 목소리로 일러주는 것

I.

봄을 건너 뛰고 여름을 찾아왔다. 발목께까지 내려오던 코트를 벗어 던져두곤 손바닥만한 옷가지를 대충 걸쳐 입고 거리를 거닌다. 건조한 뜨거움이 이는 이곳의 혹서기는 2~3천원이면 근사한 곳에 틀어박혀 더위를 피할 수 있는 카페가 즐비하기에 견딜 만한 것일 테다. 매년 이맘때쯤 일어난다는 광란의 물싸움 역시 이 피서를 돕고.

항상 어디인지가 중요한 것이 아니라 어떻게 사는지가 중요하다고 생각했는데, 살다 보니 가끔은 어디에서 사는지가 어떻게 사는지를 결정하기도 한다. 그래서 다시 왔다, 치앙마이로.

2.

치앙마이에 처음 발을 디뎠을 때가 생각난다. 좋을 거라고 어느 정도 예상은 했다. 최근 몇 년간 익히 들어온 명성이 아니 땐 굴뚝의 연기일 리는 없을 테니. 헌데, 이 정도일 줄이야.

산간지방인 탓에 다른 동남아 지역보다 쾌적한 기후와 저렴한 물가가 꽤 오래 전부터 외지인들을 이곳으로 모이게 했다. 샌프란시스코와 실리콘밸리의 프로그래머들이 치솟는 물가로부터 이곳으로 피신해 와서 일하기 시작했는데, 그밖에 원격 근무가 가능한 이들이 세계 이곳 저곳에서 기꺼이 이곳으로

옮겨와 자리 잡으면서 이곳은 디지털 노마드들의 성지가 되었다. 이것이 치앙마이가 저렴한 물가와 로컬 특색을 갖추고 있으면서도 편리한 인프라와 선진적 문화의 장점을 갖춘 도시가 될 수 있었던 이유다.

뛰어난 절경도, 특색 있는 액티비티가 있는 것도 아니니, 분명 추천할만한 여행지는 되지 못한다. 그러나 그 외 모든 것을 누릴 수 있는 곳, 무엇보다도 나로 하여금 제일 나다운 일상으로 하루하루를 지낼 수 있게 허락하는 곳이다.

한 달에 25~35만원짜리 풀 옵션 콘도에서 지내며 아침에 무료 요가를 나가고, 분위기 좋은 카페에서 2천원짜리 스페셜티 커피를 마시며 책을 읽다가, 저녁에는 또 2천원짜리 술 한 잔 들고 앉아서 몇 시간 동안 재즈 라이브 음악을 듣는다. 그러다 찌뿌둥한 날이면 5천원 정도 하는 전신 마사지로 피로를 풀고.

치앙마이에 도착한 첫날, 감칠맛 나는 팟타이를 먹으며 40여일의 시간을 이곳에서 살아볼 수 있음에 감격했다. 이것이 길고 길어져 5개월이 될 줄이야.

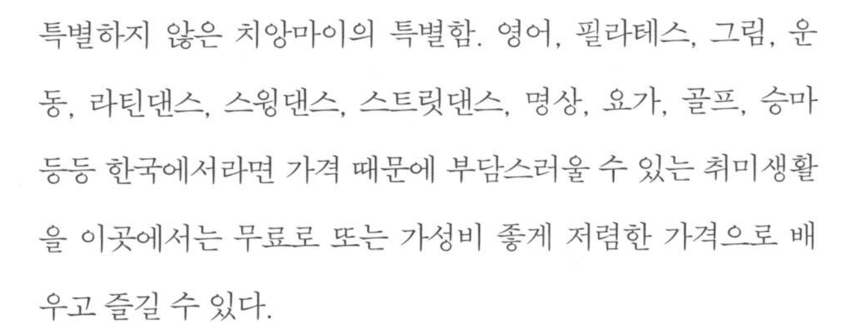

3.

특별하지 않은 치앙마이의 특별함. 영어, 필라테스, 그림, 운동, 라틴댄스, 스윙댄스, 스트릿댄스, 명상, 요가, 골프, 승마 등등 한국에서라면 가격 때문에 부담스러울 수 있는 취미생활을 이곳에서는 무료로 또는 가성비 좋게 저렴한 가격으로 배우고 즐길 수 있다.

그리하여 나는 전에 없이 사치스러운 일상을 영위한다. 일주일에 세 번 기구필라테스 수업을 듣고, 화요일과 목요일마다 아침 요가를 나간다. 일주일에 두어 번 정도 헬스장에서 근력 운동을 하고, 라틴댄스도 주 2~3회 정도 즐겨준다. 금요일 저녁에는 라이브 클럽에서 재즈를 듣고, 일요일 아침이면 마켓 투어를 하며 브런치 타임을 갖는다. 그 외의 시간에는 치앙마이의 수많은 카페 중 마음에 드는 곳을 골라잡아 책을 읽거나 글을 쓰는 정도. 이렇게 나의 리듬에 맞춘 일상의 루틴이 하나둘 자리하기 시작한다.

운동을 다녀오고, 맛있고 몸에 좋은 음식을 신경 써서 챙겨먹는다. 그리고 몸만큼이나 마음 안의 것들도 골고루 챙겨본다.

삶의 다른 요소들이 적당히, 적절히 잘 마련되어 있다면 그중 어느 하나가 잠시 비었다 해서 혹은 영영 빈다 해도 크게 어렵지 않음을 알기에, 쉬이 무너지지 않을 것을 알기에, 오늘도 밸런스 잡힌 하루를 지내는 것에 집중한다.

4.

새해 맞이 카운트다운. 각자의 소원을 담은 풍등이 한데 모여 밤하늘의 은하수처럼 장관을 이룬다. 국가나 기업 차원에서 열린 불꽃놀이가 아닌, 현지인들과 여행자들이 각자의 푼돈을 꺼내 이룬 장관이라는 것이 이 광경을 더 특별하게 하고.

새해를 맞은 이 순간, 나는 마치 우주를 유영하는 기분을 느끼며 모두의 건강과 행복을 바랄 뿐이다.

5.

알람 소리 없이 아침햇살에 자연스럽게 흩어진 잠 기운으로 깨어나 천천히 눈을 뜨는데 지저귀는 새소리가 들린다. 그 소리가 너무 아름다워 울컥한다. 별것 아닌 것이 이렇게 별것이 되어 마음을 울린다. 아침에 들려오는 새소리, 불어오는 바람 한 점에 이리 행복해질 수 있는 것을, 예전의 나는 대체 왜 몰랐을까. 빈약하고 오만한 생각으로 스스로의 행복을 갈취했던 것에 대한 후회, 삶이라는 주어진 선물을 낭비했던 과오에 느끼는 죄스러움.

나의 행복은 나만을 위한 것이 아니라, 나를 사랑하는 이들에 대한 의무이기도 한 것. 책임감 있게 잘 먹고 잘 살아야겠다 다짐한다.

6.

차분하고 평화로운 금요일. 치앙마이의 수많은 아름다운 카페들 중 하나를 골라잡고는 곧 나가려 하는데, 무릎에 올라앉은 고양이로 인해 또 꼼짝없이 망부석 신세가 된다. 행복한 부동자세 타임.

어디로 날아갈지 모르고 어디에 터를 닦을지 스스로도 예측 못하는 나와 같은 자유방랑객을 한 자리에 묶어두는 것은, 정작 이렇게 아무 의도 없는 무고한 작은 생명체라는 것이 재미있다. 내게 반려동물이 있었다면 장기여행'따위' 꿈도 꾸지 않았을지 몰라.

7.

사랑과 여행은, 살아감에 있어 진정 중요한 것이 무엇인지를 알려준다는 것에서 공통점을 지닌다.

아무리 예쁘고 좋은 물건이라 해도 그것을 갖고 다니는 것과 내 여행이 행복해지는 것은 별개의 문제였다. 내 소유의 그 많은 물건 없이도 아무렇지 않게 삶은 이어졌고, 행복해지는 데에 그 어떤 어려움도 없었다. 그가 넝마를 입고 있었다 해도 나는 어김없이 끌렸을 테고, 그 아닌 다른 누군가가 근사한 차림으로 내 앞에 섰다 해도 조금의 관심도 갖지 않았을 것처럼.

무엇이 내게 필요하고 필요 없는지를 사랑과 여행이 한 목소리로 일러준다.

8.

사고 싶은 것도, 갖고 싶은 것도, 욕망하고 싶은 사람도 없다. 원하는 것이 없을수록, 필요한 것이 없을수록 더 자유로워짐을 느낀다. 구애 받는 것이 사라질수록 삶은 이렇게 놀랍도록 가벼워진다.

계속해서 자유롭지 못할 이유, 최소한 자유로울 수 있을 때까지 만이라도 최대한 자유롭지 못할 이유가,

대체

어디에

있단 말이냐.

9.

삶에 더 이상 겁심이 없고, 죽음이 이제는 목전에 없네. 행복이 조금도 비싸지 않고, 괴로움은 그저 지나갈 것 알기에 한낱 종잇장으로 경하네.

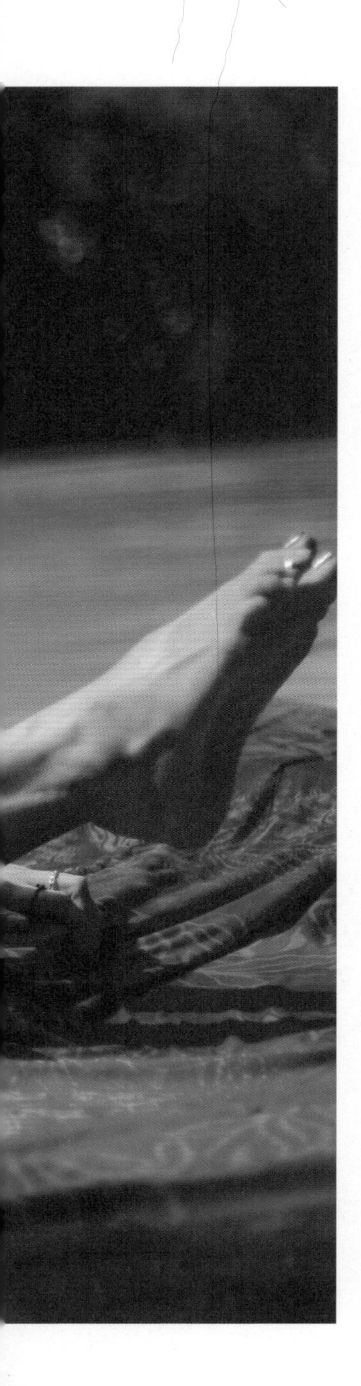

10.

나는 가끔 모든 사람들이 사랑스럽고 세상 만물이 아름다운 무지갯빛을 띄는 것처럼 보일 때가 있는데, 이런 시선으로 세상과 사람을 바라보는 순간을 더 많이, 더 자주 느끼며 사는 것이 내가 추구하는 바이자 원하는 삶의 방향일 것이다.

누군가에게는 아무것도 아닐 수 있는 작은 것들에 위로 받고 감사하는 일상을 지켜나가고 싶어. 지나가는 바람, 구름 한 점, 꽃 한 송이로 인한 행복으로 차곡차곡 채워진 일상을, 삶을 이루어 살고 싶어.

11.

모두의 눈에 예뻐 보여야 할 필요가 있을까. 이는 모두가 자신을 좋아하기를 바라는 것만큼 미련한 일이거니와, 설령 예쁜 외모로 사랑받아봤자 사람을 외모로 대하는 사람들에게서나 얄팍한 애정을 받게 되는 것, 그저 그뿐.

내면의 아름다움은 밖으로 배어나올 수밖에 없기에, 바꿔 말하면 내면의 악취 또한 외면으로 풍겨나올 수밖에 없는 것. 보다 깊이 있게 정신과 영혼을 가꾸는 일상을 지내다 가야지, 치앙마이에서.

Interlude

나,
돌아왔습니다

모든 것에는 끝이 있다. 시간의 차원 하에 설계된 이 세계에서는, 영영 끝나지 않을 것만 같은 것들도 결국에는 끝이 났었다. 어느 조금의 한순간도, 모든 것들이 멈춰있던 적은 없었다.

시간이 말 그대로 화살같이 흐르던 한국에서의 날들. 계절이 지나는 줄도 모르고 나이를 먹어가는 것도 모른 채, 움직이는 에스컬레이터 위에서조차 걸음을 멈추지 않았었다. 사람은 세월을 맞으면 늙는다는데, 나이에 비해 어려 보인다는 소리를 듣는 내 얼굴은 아마 그 동안의 세월을 제대로 살질 못하고 스쳐 지나만 왔기 때문인지도 몰랐다.

그 걸음을 잠시 멈추고 막연했던 꿈을 이루기 위해 떠난 길. 앞으로의 남은 삶을 더 행복하게 살기 위해 떠났던 길. 조금 병들어 있던 20대를 마무리하고 멋진 30대를 살아보려 시작했던 여정. 이 모든 것이 끝난 지금, 나는 대체 어떤 기분인 것일까.

아무도 없는 산을 며칠간 막무가내로 오르고, 텐트 노숙으로 물가 비싼 여행지에서의 생활을 버텨도 보고, 지나가는 차를 빌어 타고 음식을 얻어 먹으며 연명하기도 했던 생활. 그러면서 동시에 꿈에 그리던 런던에서 잠시 살아도 보고, 운좋게 5성급 리조트 휴가를 즐겨도 보고, 선망하던 세계의 미술관들을 섭렵하며 분에 넘치는 호사를 누렸던 날들.

매일이 조금도 같지 않았던 2년 반이었다. 굳세도 굳센 줄 모르고, 씩씩해도 씩씩한 줄 모르고 아무렇지도 않게 계속해왔다. 그 길의 끝에 선 지금, 마음에 진하게 남는 것은 삶이라는 여행의 정수, 무모했던 도전들로부터 깨우친 것들과 길 위에서 만났던 사람들.

끝이 났다. 아직도 나는 내가 무슨 기분인지를 알 수가 없다.

기쁜 걸까, 슬픈 걸까. 텅 빈 걸까, 꽉 채워진 걸까. 이제는 모든 것이 끝난 걸까, 아니면 겨우 시작인 걸까.

2년 반의 시간, 꿈을 살았기에 그저 꿈이었다 하겠다. 나, 돌아왔습니다.

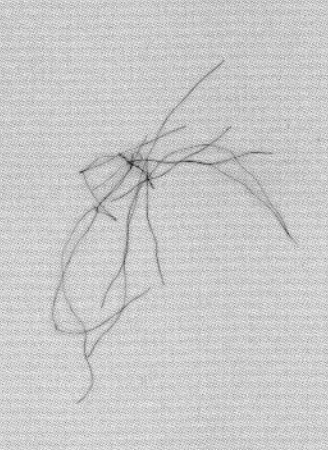

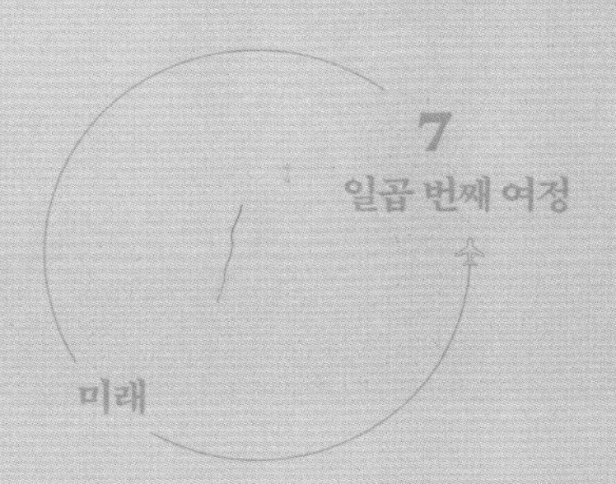

7 일곱 번째 여정

미래

앞으로 어떤 삶을 살아갈까?

그리고 무엇이 달라졌을까

어렸을 때부터 막연히 가져왔던 꿈, 세계여행을 완료했다. 중간에 여러 가지 변수와 갈등이 있었지만, 그래도 내가 여행을 하고자 하는 본래 목적과 이유, 예산, 버킷리스트 등을 고려하여 초기에 수립했던 대략적인 플랜과 루트를 큰 변경 없이 완주했다.

나의 지난 다른 배낭여행들이 결코 그렇지 않았듯, 계획을 지켜가는 여행만이 의미 있는 것은 아니다. 그러함에 충만하고도 만족스러울 수 있는 것이 여행이니. 허나 이번 여정에서는 내 초기의 계획을 완수하고 싶었다. 긴 여행을 앞두고 많은 시간을 고민했을 때, 그 모든 것에 불구하고 2년이 훌쩍 넘는 여행을 하기로 결심한 목적과 의미를 최대한 지켜가고 싶었기 때문.

고로 후회도, 아쉬움도 없이 마무리 지었다. 이로써 내 인생의 초년기는 나름 훌륭히 마무리가 된 셈이다.

그리고 무엇이 달라졌을까.

2년 반 동안의 여행. 산을 오르고 빙하를 건너고 사막을 달렸다. 하늘을 날고 바다 밑을 헤엄쳐도 보고, 라틴 댄스를 배워 이국적인 음악에 춤을 추었다. 여행은 새로운 경험을 허락하고, 새로운 경험은 새로운 생각과 감정을 야기한다. 전에 없던 방식으로 연결된 뉴런 시냅스가 생겨난다는 뜻이다. 뇌의 새로운 영역은 이렇게 개척되고, 그렇기에 바뀐 뇌로 살아가는 앞으로의 인생이 전의 것과 같을 수는 없게 된다. 다양한 경험의 여행은 그 변화의 정도가 작든 크든 필연적으로 달라진 삶을 초래한다는 것이 나의 경험적 사실. 이따금 사람들이 막막한 상황의 돌파구로 여행을 택하는 것은 바로 이 때문일 것이다.

그러나 기대가 무색하게도, 여행은 여행일 뿐이다. 우주만큼이나 중립적인 자세로 그 어떤 문제도 해결해주지 않는다. 여행이 실질적인 무언가로 이어지기를 기대했던, 적극적이고 즉각적인 변화를 원했던 여행자들이 여행 후 허무를 겪기도 하는 이유.

여행은 많은 것을 보여줄 수 있지만 그것을 볼 것인지 아닌지는 개인에게 달려있고, 마찬가지로 여행이 많은 길을 제시해줄 수 있지만 그 길을 선택하느냐 마느냐 또한 개인에게 달려 있다. 여행 이후 새로운 삶을 살아가는 사람들을 보고 그것이 저절로 주어지는 변화라고 오해하기 쉽지만, 그러한 가능성을 품어오는 것도, 그로 인한 변화를 만들어나가는 것도 개인의 몫이다. 여행은 그저 결과의 원인쯤이지, 과정과 결과까지 되어주지는 않는다.

또한, 모든 길은 장기적으로 발현될 수 있는 가능성을 품고 있기에 여행만 이 정답은 아닐 것이다. 일상을 성실히 살아가는 것 또한 하나의 여정이며, 그 길 또한 많은 것을 품고 있다는 것을 모르는 사람은 그저 여행 꼰대가 되기 쉬울 뿐이다.

여행은 오히려 그 끝에 우울과 박탈감을 가져다 줄 수도 있다. 현실의 의무를 벗어나 편익을 누리는 것에 익숙해지다 보면 다시 달려야 할 트랙 앞에 서는 것이 두려워지기도 한다. 시간에 쫓기며 달려야 하는 상황에서, 잠깐 멈춰 섰던 지난 시간에 약간의 자책이 이는 것도 자연스러운 반응이다. 나 또한 이전의 경험으로 약간의 공허를 느낀 적 있었기에, 여행을 후회하지 않기 위한 안전장치가 필요했다. 그간 쌓아온 4년간의 업무 경력과 얼마간의 돈을 마련

해두지 않았다면 나는 결코 2년이 넘는 세계여행을 떠나지 못했을 것이다.

그래서일까, 현재까지 이 세계여행은 나의 삶에 긍정적인 변화만을 가져다 주고 있는 것으로 보인다.

한국에 돌아와 지낸 2년. 난생 처음으로 일과 개인 생활이 적절히 균형 잡힌 일상을 보낸다. 혹독한 서울에서도 이렇게 '워크 앤 라이프 밸런스'를 유지할 수 있다니 가히 놀라울 뿐. 기존의 커리어에서 살짝 방향을 틀어 화장품 브랜드 매니저로 이직을 했지만, 나의 직업은 더 이상 한 개가 아니게 되었다. 짬을 내어 영어회화를 가르치고, 여행 콘텐츠로 고료를 받고, 이렇게 글을 쓴다. 가족, 친구들과의 사이는 더 끈끈하고 돈독해졌다. 여행하면서 배웠던 라틴댄스를 서울에서도 계속하며 이를 통해 만난 연인과 매일의 행복을 갱신하는 중이다. 그리고 떠나기 전보다 확실히 더 높아진 수입은 확실히 마음에 여유를 가져다 주는 요소임을 느낀다.

일과 수입. 물론 지난 몇 년간 나는 몹시도 열심히 살았지만, 그렇게 열심히 살아서 지금의 결과를 얻은 것이라고 여기고 싶지 않다. 'I deserve it'은 나와는 다른 상황을 겪는 타인에게 은연 중에 그 사람의 노력 부족을 전제하는 말이 될 수 있으니까. 그저, 이렇게 돌아와서 얻게 된 것들이 요행은 아니라고 말할 수 있을 정도의 노력이 선행되었고, 다행히 그 노력이 보상으로 연결될 수 있는 운이 따랐던 것뿐.

보다 압축된 시간에 많은 것들을 가슴에 품고 담게 하는 것이 여행이다. 같은 시간을 살아도 더 많고 풍부한 것들로 꽉 찬 시간을 살게 하는 것이 여행이다.

그렇게 채워진 것들이 좋은 토양이 되어 그 위에 자라난 것은, 언제 어느 상황을 겪든 이내 다시 행복해질 수 있다는 자신감. 어떻게 하면 나 자신을 행복하게 할 수 있는지, 만족시킬 수 있는지 잘 알게 되었기에, 더 의연하고 현명하게 어려움을 살아낼 수 있게 되었다.

마음 둘 것 아닌 것에 마음 두지 않고, 중심 아닌 주변머리에 중심을 두지 않는다. 현명하고 슬기롭게, 그리고 관대하게 일상을 지낸다.

이제 다음 단계를 맞아 또 다른 목표를 향해가야 할 시간. 좀 더 장기적이고 미래적인 관점에서 향해 가고자 하는 여러 가지 것들을 생각해 본다. 여행에서만큼이나 앞으로 또 새롭게 경험할 것들이 기대된다. 또 다른 찬란한 것들을 맞을 준비를 한다.

2 Story

실질적
변화

결과적으로만 놓고 본다면 여행은 내게 신의 한 수였을지도 모른다.

11년전, 인도와 네팔로 다녀온 첫 배낭여행은 나를 이후 크고 작은 수많은 여행들로 이끌었고, 그중 하나가 이 세계여행이었다. 여행 중간중간에 돈을 벌기도 해서 다른 여행자들에 비해 상대적으로 적은 비용이 들었지만 그래도 여행하는 동안의 기회비용까지 포함한다면 큰 지출이었다. 2년 반 동안 총 3,700만원 정도를 지출하며 벌벌 떨었는데, 다녀와서 1년만 일하면 통장에 고스란히 복구될 비용인 줄은 몰랐다.

다시 없을 긴 여행, 잘 기록해두자 싶어 사진을 찍고 글을 썼다. 그 글과 사진을 아깝게 묵혀두고 싶지 않아 SNS를 시작했고, 페이스북의 한 여행 커뮤니티에서 콘텐츠 크리에이터로 활동을 하며 지금의 직업으로 이어진 연결고리가 생겨났다.

◆ 소비자 설문조사 결과 및 각종 데이터를 분석하는 '마케팅 리서치' 직무를 4년간 수행

≫ 세계여행 시작

≫ 여행하며 찍은 사진과 글로 SNS 시작

≫ 페이스북의 한 여행 커뮤니티에서 콘텐츠 크리에이터 활동

≫ 2년 동안의 여행을 마친 후, 기존에 하던 업무인 '마케팅 리서치' 담당으로 화장품 회사에 이직, 근무 시작

≫ 여행 어플리케이션의 제의를 받아 포스팅을 하며 보수를 받기 시작

≫ 에세이 출간을 결심한 이후, 전업과 원고 작업 병행이 어려워 회사 근로 계약 6개월 만료 후 연장하지 않기로 결정. 퇴사 후 태국 치앙마이로 이동

≫ 치앙마이에서 6개월간 원고 작업 & 영어회화 과외 일을 병행

≫ SNS 활동/콘텐츠 작업이 중요한 화장품 유통 회사에 브랜드 매니저 직무로 이직

≫ 여행에세이 출간

사실, 현업에 다시 복귀하기를 망설였다. 마케팅 리서치에 염증을 느끼고 있었고, 리서치만으로는 마케팅의 다른 영역을 경험할 수 없기 때문에 성장과 확장에 있어서 아무래도 한계가 있었다. 그런데 진로를 고민하던 내게 마케터로 발돋움할 수 있는 기회가 지난 여행의 이력에서 주어질 줄은 몰랐다. 정확히 말하자면 여행에 수반되었던 부수적인 경험들이 이에 유효했던 것이다.

그 결과, 기존의 마케팅 리서치 직무를 벗어나 이제는 브랜드와 제품을 직접 기획하고 만들어가는 브랜드 매니저로서의 커리어를 쌓아가게 되었다.

기존 업무의 마케팅 지식 + 여행 SNS 및 컨텐츠 기획 활동 경험
= SNS 마케팅/콘텐츠 중요도가 높은 회사의 브랜드 매니저로 전향

다른 모든 것이 그렇듯, 여행과 여행 이후의 삶 또한 결국 '최소한의 준비'가 필요하다는 생각을 한다. 공백 이후에도 이직이 가능하도록 4년간의 업무 경험을 만들어두고 떠난 것도, 여행하는 동안 나름의 콘텐츠 생산 활동을 했던 것도, 다녀온 이후 6개월뿐인 화장품 회사 계약직을 수락했던 것도, 모두 그 이후의 또 다른 화장품 회사로의 이직을 연결하는 '준비'였던 셈이다. 그것이 의도한 것이든 아니든 간에.

여행 이후 많은 사람들이 새로운 삶을 만들어간다. 세계여행 이후 셰프로 전향했다거나, 다이빙 강사가 되었다거나, 본인의 브랜드를 내건 사업을 한다거나 하는 드라마틱한 스토리를 나 또한 갖게 된 것은 아니다. 나의 경우는 장기 여행의 순기능이 비교적 평범한 수준에서 안정적으로 발현된 케이스에 가깝다. 생각, 사고방식, 태도, 가치관 등 전방위적으로 조금씩 누적된 변화가 현재에 이르러 조금 더 나은 조건의 직무와 향상된 삶의 질로 발현된 것이다.

지난 여행은 분명히 나의 과거를 이야기함에 있어 빼놓을 수 없는 것이지만, 기실 나의 자신감은 현재 여행으로 먹고 살지 아니함에 있다. 목표했던 여행과 원고 작업을 마치고 돌아와 원하던 방향으로의 커리어를 재개했으며, 이는 다행히 코로나19의 타격도 받지 않았다. 여행이 어려운 날들이 이어지고 있지만 현재의 일 또한 내게는 지난 여행의 영향으로 가능한 것이었으니, 이로써 여행은 여전히 내게 현실적인 영향력을 미치고 있는 셈이다.

회사를 다니고 있지만 이제는 꼭 회사를 다니지 않아도 언제든지 다시 영어를 가르치거나 여행 콘텐츠를 제공하면서 생계를 유지할 수 있다. 회사 일이 아니어도 삶을 유지할 수 있는 다른 수단을 갖추게 된 것. 삶에 더 많은 선택지를 갖게 되었고, 결과적으로 나는 더 자유로워졌다. 여행이 끝난 후에도, 여행이 계속해서 나를 자유롭게 한다.